永恆的傾訴

當你願溫柔聆聽

張曼娟

【序】

親密的聆聽

張維中

每當媒體提出邀請，希望能夠採訪曼娟老師談一談生活當中的蒐集品，期盼讓攝影師為她與她的蒐集物件合影時，負責處理事務的我們總是有點尷尬。我們不忍拒絕但又很難答應。總不能這麼回答吧：「嗯，那些，都吃到她肚子裡去了。」因為曼娟老師除了狂愛品嘗世界各地的美食，這部分還能勉強稱得上是戀（食）物以外，她幾乎沒有蒐藏特定物件的習慣。

無論男女，身處在這個消費的商品時代裡，戀物癖彷佛早已成為一種自然的人性特質了，於是看見家庭主婦採購各類型鍋碗瓢盆；女人蒐集飾品與高跟鞋；男人熱愛各式電腦與車種；小孩愛戀卡通玩偶與玩具。不過，這些狀況絕少發生在曼娟老師的身上。曼娟老師從來不算是一個戀物的女人。她不蒐集品牌，也不因為喜歡了某一樣物件，從此就瘋狂迷戀起相關產品。

可是，心思細膩而充滿好奇心的她，依舊關切著許多出現在她身邊的物件，仍然有著私心厚愛的物品。只不過在我看來，她不是戀物，而是「鏈」物。她用一條情感的鏈子，連結起物件與她所偏愛的人、記憶、故事和當時的氛圍。當她特別熱愛某樣物件的時候，通常不是因為物件本身的價值或形體，而是這個物件可能暈染著她幼年的美好回憶；保存著她和朋友的溫暖情誼；或者還流竄著那一年冬天，她曾經和情人吐吶著相同頻率的氣息。是這些她所珍重的人事，才讓她愛屋及烏地戀上相關的物品。

就像在《永恆的傾訴》裡，曼娟老師以女性的思維和角度，細膩地書寫了許多生活之中的物件，其實已經接近於戀物的情結了，但是這些毫無生命的物件在與她握手的距離裡，竟都奇異地旋轉出一圈又一圈豐盈的情事。物件的書寫不是理論式的，即使有其歷史典故，她也絕不用學術背景填充艱澀的介紹性篇幅；她更在乎的是自己的歷史，女人的歷史，以及這些物件在她的觀察中，顯現出怎麼樣的時代動向。

歸納她書寫的對象，大致可以分成三大類：女性物件、身體物件以及中性物件。女性物件全是與女人貼身的東西，包括了衛生棉、胸罩、絲襪、口紅、耳環、裙子和戒指等物品，女人與它們相處的時光和親暱的程度，恐怕遠遠超過自己與任何一個男人吧。身體物件則是她將自己的身體視作另類的物件，從臉上的眼耳口舌，到手腳髮膚甚至是經痛，每一項身體的器官與感應，原來都是世界上最該寶愛的物品。至於中性物件的範圍更寬闊了，比如果醬、行李箱、鑰匙、罐頭、信件、磅秤或熱水瓶等物件，它們看似與女人毫無關係，但閱讀以後才赫然發現這些東西與身為女人的她，如何的切身相關，甚至是跨越性別的，從女人擺盪到男人。

這本書的文章曾在中時〈人間副刊〉的「三少四壯集」專欄刊載。每個星期等待看見曼娟老師的文章，成為讀者、網友和我的一大樂事。我看著這些篇章成長，也看見她的用心和努力。記得有一天，她好不容易獲得空閒待在工作室，不必上課也沒有通告，於是同我聊起打算寫一篇關於杯子的文章。聊著聊著，她忽然想起女作家蘇青與杯子的關係，接著就告訴我，她必須立刻去一趟學校。我訝異地問為什麼，她回答，她有一本蘇青的書放在研究室，想重看一回，作為那篇文章的基調。於是，明明可以休息的她，竟又舟車勞頓地花了將近一個小時趕去學校，為的只是一篇一千兩百字的文章。

曼娟老師藉由種種的物件與女性友人相互傾訴心事，從另一個角度來看，其實也是她對讀者的私密傾訴，更是她自我心靈的對話。女性研究學者 Trinh T. Minh-ha 在《*Woman, Native, Other*》一書當中論述女人與敘事的關係，她以為傾訴故事的女人往往具備一股能量，使傾聽的女子結盟，抵禦恐懼和悲傷；簡而言之，傾訴故事的女人正是女子的「保護者與療癒師」（a protectress and a healer）。Trinh T. Minh-ha 說得很好，但只說對了一半。因為即使是身為男人的我，在閱讀《永恆的傾訴》時，彷彿也能獲得神奇的力量，感受到撫慰。

也許物件是沒有性別的，因而透過物件所傾訴的情愫也跨界了。於是當曼娟老師溫柔的傾訴時，女人與男人都將靜靜的聆聽。即使是遙遠的，也彷彿親密了；即使僅是剎那的感動，也都是一種永恆。

目次

輯二：身外

輯三：物是

附錄

輯一：切膚

薄薄的，有翅膀

衛生棉

我的發育較晚，所有與女人相關的啟蒙，都來得特別遲，身邊同齡的朋友，就成了我的老師。小學時候我知道了女人有月經這種事，不是來自於教科書，也不是來自於任何一個成年人，而是體育課上到一半，我看見前面的女同學跳著跳著，忽然落下一塊花色斑斕的扁扁的東西。我停止跳躍，並且靠近想看得更仔細些。女同學忽然警覺地拾起那塊東西，飛一樣的逃跑了。嘩！我周圍的女生們議論紛紛，我於是聽見了「月經」啦、「好噁心」啦這一類的壓抑之後的聲音。我記得女同學沒命的奔跑，辮子高高的飛揚起來。

黏貼式衛生棉的出現，大約就是在我需要的那個年代開始。常常有女性工讀生站在學校門口分發衛生棉的試用品，我們這些少女總是忽然臊紅了臉，繞道而行，很怕被人看見自己拿著衛生棉。電視上的衛生棉廣告必須在晚間九點以後播出，也就表示並不適合闔家觀賞。到底家裡的哪一位成員不適合觀賞呢？這種商品會對年幼的孩童造成負面的影響嗎？沒有人問過，也就不會有人回答。因為這樣的一種氛圍，女生是不會直接叫出產品的名字的，她們為它取了一些暱稱，像是「蛋糕」之類的。「喂，我那個來了，妳有沒有蛋糕？」是女生與女生的對話。

衛生棉業者不管女生怎麼稱呼它，繼續不斷的開發新產品，超薄的啦，絲棉的啦，有翅膀的啦，安睡型的啦，清香型的啦等等，女人不再對試用品繞道而行了，她們微笑著欣然接受。在很多事情上，女人的需求都不被考慮，連貼身的內衣、胸罩或底褲，很多都是以增加情趣或男性脫除容易來考慮的，只有衛生棉，全然體貼了女性的需求。

初初聽說條狀衛生棉的時候，我感到非常好奇，甚至覺得有些不可思議。我有個很愛游泳的朋友瑞瑞，在游泳池畔的更衣室裡，展現了棉條給我看。我還記得那是個炙熱的夏天，她的和我的髮根與皮膚被蒸騰出汗溽味，在洗手臺的角落裡，她穿著泳裝的身軀已發育得這樣豐腴，從不匱乏的男女關係使她的眉梢眼際更多了點風情，我緊張兮兮站在她身邊，看著她將棉條外面的包裝撕開，取出來，告訴我使用的方法。我就像是一個剛剛學會抽菸的小男生，嘴裡含著長壽，看見闊綽的大哥撕開雪茄，豔羨而又驚歎。

曾經有好幾年，我不喜歡去超商買衛生棉，總覺得在眾目睽睽之下是很尷尬的事，尤其是還沒到晚間九點之後。有時碰到售貨小姐拿出紙袋來裝，簡直感激涕零，她們的善解人意也使我意會到，這困擾顯然並不是我所獨有的。前些年到香港旅行，我與母親從地鐵站出來，正好遇見有人分發衛生棉試用品，她遞了一塊給我，又遞了一塊給我母親，母親正要伸手去接，她忽然迅速的收回，遞給我們身後一名女學生。母親懸在空中的手，半天收不回，然後，惆悵的問：「我看起來真的已經這麼老了嗎？」我只好安慰短髮牛仔褲的母親：「她大概以為妳是男人吧。」

瑞瑞告訴我醫生說她可能提早進入更年期，她說她會想念比任何一個男人陪她更長久的衛生棉。我去超商買衛生棉，謝絕了紙袋的盛裝，提著透明塑膠袋走過青春的校園，薄薄的，有翅膀，呵，原來可以這樣招搖。

沒有口紅，我不出門

——口紅

如果想問女人一個難以作答的問題，我就會問：「你總共用過多少只口紅？」哈哈！答不出來了吧？不管是在女人的梳妝檯上，或是隨身手袋包包裡，突擊檢查的時候，一定都能找到口紅。我問過許多女人包括我自己，假若出門時只能帶一種化妝品，那會是什麼？口紅，是標準答案，沒有其他的選擇。不管女人的彩妝化得多麼精密，如果沒有塗口紅，就永遠不算化好了妝。哪怕是不畫眉不搽粉不用眼影睫毛膏，但只要抹上一點口紅，女人看起來也可以神采奕奕。

我曾經匆匆出門赴約，用餐之後要補妝才發現忘記帶口紅，我在洗手間裡如同困獸，變得非常無助軟弱，方才席間的自信篤定與優雅，全部蕩然無存。原來，我對於口紅的倚賴到了病態的地步。有事情要連絡，忘了帶手機，我能找人借。生理期間忘記衛生棉，隨便找一家便利商店，問題就解決了。可是，沒有帶口紅，這可怎麼好？就算能借能買，卻不一定配合膚色與妝扮，那樣的惆悵，是難以治癒的深沉沮喪。

當男人愛戀著一個女人的時候，最關心的就是她唇部的線條，唇角上揚的微笑；雙唇緊抿的鬱愁，都牽動著男人的情緒。嘴唇的一張一闔，既能吐出甜蜜的愛語，也能射出怨毒的怒罵，既然是這麼強烈的部位，當然應該有更刺激性的吸引力。瑪麗蓮．夢露對著鏡頭撅起豐潤欲滴的紅唇的剎那，成為性感女人的經典之作，到現在仍然很難找到超越的，她的名言：「口紅就像時裝，它使女人成為真正的女人。」女人一旦體會過真正的女人的愛欲感覺，就和口紅脫離不了關係了。明豔得如果凍如鮮花般的色澤，在嘴唇上散發著甜美的香氣，總令男性心旌動搖，勾引出想要親吻品嘗的欲望。口紅，是女人對於男性最明目張膽而又理所當然的挑逗，賈寶玉在大觀園裡為姊姊妹妹調胭脂，總要順道嘗一嘗，也就是意淫的極致了。

從珠光到粉質到果凍到不掉色，口紅每隔一段時間就要推陳出新，女性必然趨之若鶩。我的朋友瑞瑞近來嘗試了廣告裡喝水吃飯都不脫落的口紅之後，很不滿意。一方面是因為卸妝時把嘴唇都快擦破了，還卸不乾淨；另一方面是喝過的咖啡杯看不出來，吻過的男人留不下吻痕，都令她悵然若失。口紅，原來也是女人的標記方式。那些在男人領間胸前遺下的紅漬餘脂，或許並不全然是無心之過。

　　口紅的成分包括了蠟、油脂、色素和乳化劑。然而，它能帶給人們的旖旎聯想，遠遠超過這些原料太多。雖然專業化妝師與指導美容化妝的書籍，一再教誨我們要用唇筆描繪唇形，再用刷筆將口紅塗滿，我卻覺得女人用口紅直接塗在唇上是最性感的。當一管晶亮的口紅打開蓋子，鮮豔的條狀旋轉而出，有著長驅直入的暗示，女人將口紅觸碰到嘴唇的一刻，男人為之屏息，女人怦然心動。當年木村拓哉扮成女人賣口紅，創下銷售佳績，彷彿是男性對於口紅的欽羨潛意識。如今男性化妝品蔚為風尚，口紅不再是女人的專利，

只是，我想我不會親吻搽口紅的男人，當然，搽口紅的男人也不會
願意親吻我。

銷魂的襲擊

——香水

我坐在美髮沙龍裡，似有若無的香味繚繞身旁，那不是洗髮乳或髮麗香的氣味，而更純粹些，也更高雅些。我翻動著雜誌扉頁，看見香水廣告彩頁內，那已被撕開來的香水條。我一向喜歡香水條被撕開一陣子，扉頁被翻得更鬆軟的雜誌，透出的難以辨識的香氣，雖然沒有鮮明的性格，卻顯得可親些。

香水的記憶，當然追溯到童年，小時候我總是仰望著浴室架子上的「明星花露水」，下雨前濃鬱的薄荷色瓶子，凹凸的、玲瓏修長的瓶身，夏天裡洗過澡，母親將我的頭髮盤得高高的，在耳後點兩滴，那就是我最期待的味道了。母親另有一小瓶紫色瓶身的香水，據說是父親的船員朋友送的，他們管它叫「巴黎香水」，放在架子更高的地方，她要吃喜酒的時候就會抹一點，在纖長的頸項上。那香水不知道有多少年了，我常常喜歡透著燈光看它，看完再悄悄放回去，計畫著長大以後，點一滴在頸項上，和喜歡的男孩子約會。巴黎香水不知怎麼的打碎了，碎在浴室地板上，所有被封貯的香氣都爆炸開來，占領了浴室，占領了家裡的每個角落，我們都變得有些興奮，出了門就急著回家，像參與一場盛宴似的。一個星期之後，香氣漸漸淡了，我們覺得了惆悵的情緒。

如果看過香水的配方，以及那些配方的珍貴，便不得不讚歎，香水就像是液態的珠寶。那麼，香水瓶就是盛裝珠寶的首飾盒了。有些女人買香水，只是為了搜集造型別致的香水瓶，像是誕生於一九三〇年的ＪＯＹ，每一盎司香精都需要一萬六百朵茉莉和三百三十六朵五月玫瑰，被稱為世界上最昂貴的香水，它最早的瓶子設計靈感就是源自於十八世紀中國的鼻煙壺。彷彿絲路開通之後，一種對於東方的神祕與香氣的頂禮膜拜。

有些女人不斷更換香水，像是時尚新衣一般的，追逐著永無止境的感官喜悅。朱天心在〈匈牙利之水〉裡描寫一個女人如何用香水制約丈夫，「**她要率先用遍所有香水，日後不管我在哪個女人身上聞到香水，都只能立即想到她。**」這女人真可謂「運籌帷幄，決勝千里。」她的武器是香水。

有些女人只鍾情一種香水，我的那個癡情的朋友阿命，每次在與情人歡愛之前都要將「TRÉSOR璀璨」抹遍全身，如同一場獻祭的儀式，她就是要讓情人牢牢記住這氣味，她的情人總是暈眩而迷戀著。說起暈眩，香水應該是一種最具侵略性的攻擊，因為我們不能不呼吸。而在香水的製造原料中，動物香是非常重要的，像是麝香、龍涎香、海狸香、麝貓香，動物的生猛野蠻，隱喻了使用者的企圖心。

我的朋友瑞瑞曾經教過我噴香水的方法，她說不能直接對著身體噴灑，又不是噴克蟑。她示範著，先對著虛空噴出迷霧般的香粒子，再優雅地跨進去，讓香氛細細地沐浴在身上，那天恰好有陽光，我看見香氣形成的彩虹，每當我用「Pleasures歡沁」便覺得披掛著彩虹。香水其實是在仿真，仿真花香如JOY；仿真一種生命裡歡愉的情境如香奈兒五號。我們知道所有的仿真都不是真的，然而，當我們遇見喜歡的香水味，仍會忍不住振奮愉悅起來，渾然不覺自己受到了襲擊，因為這襲擊如此銷魂，令人驚喜。

通往天堂的指紋

——手

和我的朋友瑞瑞在購物中心閒逛，靠著二樓的欄杆往下看，一個色彩繽紛的攤子前，聚攏著一群人。我拉住瑞瑞說：「看！那是賣『蠟手』的。」瑞瑞一邊被我拖著往樓下湊熱鬧，一邊狐疑地問：「真是什麼都有得賣，還有賣『辣手』的？賣不賣『摧花』啊？」

這是已經流行了一陣子的新玩意兒，玩來玩去最好玩的還是自己，用溫熱的蠟鑄出一隻自己的手，再染上不同的顏色，可以做成相片架或是手機臺，又或者是送給情人當成紀念。許多蠟手陳列在臺子上，有豎起大拇指的，比出V字形勝利手勢的，當然也有昂起中指的睥睨表情。

我想到的卻是那些在我的生命中經過的手，和我自己的手所經過的那些人。

我是從什麼時候開始覺得手是人體中最有趣的部分的呢？一定不是當我坐在鋼琴前面，怎麼努力也彈不好的時候。我的手指比一般人都要柔軟許多，在握筆和彈琴的時候總比其他小朋友吃力些，老師於是說，我老是心不在焉，並沒有察覺到我的異樣。後來，有些朋友握住我的手，眼中閃動著驚奇，啊，你的手好軟，我才知道自己的手確實與其他人不同。也是從那時候開始，我有意識地注意著別人的手：我悄悄打量那個男人骨節粗大的手；我注意著那個女人禿禿的指甲；我驚訝地發現那男孩的手比女人還秀氣。

我體驗到很多生命裡敏銳的感覺，是透過手傳遞而來的。愛著一個人的時候，我的知覺全被他攝了去，每次呼吸都有高危險的相思濃度，卻還不夠，仍企求更多，更多瀕臨崩潰的快樂和痛楚，永不饜足。直到在漆黑的暗巷裡，在人聲鼎沸的街道上，在電影播放著最煽情的片段，忽然，握住他的手。兩隻手的相遇，讓靈魂安定。我的另一個憂慮同時緩緩升起，被這樣牽著手的我，往往失去自己的主意，只想跟著這個人走到海角天邊。

世界上每個人的指紋都不一樣，我想像著每個時刻，自己在不同的地方留下了同樣的指紋。我的杯子和檯燈；我的電腦和檔案夾；我的風衣和情人，都有我的指紋，雖然看不見，卻存在著。

瑞瑞說過，她年輕時與摯愛的情人不得不分離，那一夜他們裸身相擁，沉沉睡去。男人的手掌猶霸氣地握住一隻她的乳房，天明後他們醒來，男人的掌與她的胸已緊密貼合，彷彿皮肉在一夜之間交互滋生，男人的手掌抽離時，她痛得落下淚來。男人離去之後，她總覺得乳上猶存著男人的掌痕，時時發燙，還能感覺到脈搏的跳動，曾經她以為，這痕跡將永不褪除，已經成為身體的一部分。

於是我也想到我的身上遺留下來的那些指紋，那些愛過我的溫柔撫觸，深深淺淺，使我喜悅或令我疼痛的，肉眼看不見卻可能是永恆存在的指紋。當我死去之後，仍布滿著我的身軀。我不知道究竟怎樣的人才能上天堂？人皆自私，人皆軟弱，人皆恐懼，但，愛與被愛的時刻，情人的手輕輕碰觸，我忽然覺得勇敢，變得堅強而慷慨。烙印著這些愛與被愛的指紋，天堂之門，是否將為我開啟？

濡濕以後

——洗髮精

躺在沐髮椅上，我瞥見鄰座年輕女孩烏亮的長髮，在熱水沖洗之下，化成一條條黑色的蛇，蛇身旋轉著，落入池中。同時，我嗅到洗髮精的氣味，從我濡濕的髮根蔓延開來，於是，我閉上了眼睛。

我閉上眼睛的剎那，記憶張開了眼，小小的我頭上全是肥皂泡，母親正用藥皂抹在我的頭上，一邊揉搓著，讓泡泡生出來，有時候肥皂泡流進眼睛，我便扭著身子哭叫起來，好痛好痛……母親總是機會教育，告訴我，用肥皂洗頭已經很幸福了，當她像我這種年齡都是用鹼洗頭的。我只知道鹼可以做成粽子，蒸饅頭也需要鹼，卻不知道鹼也能洗頭。

然後，一包包的洗髮粉出現了，我最喜歡耐斯的氣味，國中時代，許多不快樂的晨昏裡，撕開耐斯的瞬間，都能帶給我難以述說的愉悅。到國中剪短頭髮之後，才學著自己洗頭的我，起先無法將洗髮粉融解開來，有時候洗完了還有顆粒留在髮間，母親教我必須先將頭髮完全濡濕，再一遍遍地揉了再揉，粉末才能漸漸溶成泡沫。我將頭髮浸在溫熱的水中，讓每根髮絲都濡濕之後，慢慢的揉了再揉，我的耐心就這樣被訓練完成，明白很多事都要靠時間成就。

那種叫做「綠野香波」的洗髮精，徹底改變了洗髮這件事，綠色的透明液體裝在瓶子裡，散發著綠野草花的香味，儘管是那麼人工，但是，在「可麗柔，綠野香波」的歌聲中，看著金髮模特兒穿著飄逸的白色洋裝，在花藤編成的鞦韆上盪啊盪的，這樣的浪漫情懷，還是讓人忍不住嚮往。那時候很多年輕女孩，都留著林青霞式的中分長髮，一陣風過，飄起的都是綠野香波的氣味。這長髮這香味，當然也包括我自己。接著，各種品牌的洗髮精愈來愈多，「566」、「333」，「洋洋洗髮精」，不僅要能洗乾淨，還要能滋養，使秀髮閃閃發亮。當紅女星幾乎都被選為洗髮精的代言人，從陳莎莉、崔苔菁、歐陽菲菲到王菲、張曼玉，我們看見日新月異的洗髮精不斷推陳出新，也看見一代新人換舊人。

每個女人都會有一種特殊的記憶，是關於洗髮精的，我的朋友阿命說，她記憶中有一種奇異的洗髮精的氣味，是在北海道大雪紛飛的旅邸中。那天，她和戀人吵了一架，誰也不肯低頭，他們各自盤據在小小的房間的一角，她到洗手間去洗頭，浸濕了頭髮才想到自己一屆冬日就會龜裂的手指，醫生幾度警告不可以碰洗髮精和肥皂的，她咬咬牙還是擠出洗髮精，忽然，一雙溫暖的手，伸進了她的髮間。戀人一句話也沒說，安靜的為她洗頭，沖洗乾淨，替她用毛巾擦乾，她忍不住擁抱住戀人。那個旅邸中的洗髮精成為一種記憶，多年來她一直在找相同的品牌與氣味，哪怕他們已經分手了，她還在尋找。

在〈紅玫瑰與白玫瑰〉中，張愛玲把洗髮這件事寫得如此感官，剛剛洗過頭的嬌蕊與振保初次見面：「這女人把右手從頭髮裡抽出來，待要與客人握手，看看手上有肥皂，不便伸過來，單只笑著點了個頭，把手指在浴衣上揩了一揩。濺了點肥皂沫子到振保手背上。他不肯擦掉它，由它自己乾了，那一塊皮膚上便有一種緊縮的感覺，像有張嘴輕輕吸著它似的。」洗髮精確實是感官的，因為它的泡沫，因為它的氣味，而它的一切美與想像，都在濡濕以後。

與地心的拉鋸戰

——保養品

「這是美白的，這是保濕的，這是緊實的，這是去角質的，這可以除皺，哪，像這一瓶呢，就可以淡化妳臉上的斑點，還有啊，這罐可以補充妳臉部的維他命E……」

看著瓶瓶罐罐一字排開來，攤放在我的面前，聽著彩妝整齊的美療師滔滔不絕的數說著，覺得好像是自己的罪行被揭露，是的，我的膚色黯沉，雙頰乾燥，臉部下垂，眼角的魚尾紋愈來愈明顯，斑點也漸漸占領曾經光潔過的面容。

「妳看，良好的肌膚狀況應該是這樣的。」看過我的膚質檢測表之後，美療師拿出另一張標準量表來比較，我認真的看了一下，用一種很豁達的神情對她說：「我比較老嘛，當然不能那麼好囉。」

美療師怔了片刻，「老」，是一個事實，卻不能說，就像國王明明渾身赤裸，群眾還是要歡呼致意。年輕的美療師恢復得很快，迅即神態自若的說：「既然如此，更應該好好保養囉，我們可不能輕易放棄的。」那一刻，我忽然覺得自己就像是披掛上陣的士兵，四處屍身狼藉，哀號遍野，但，我還活著，就不能輕易放棄，這一場和地心引力的殊死決戰。「來！挑選妳的武器吧。」我的將軍說。

「那麼，妳需要哪一種保養品呢？」面前的美療師微笑的注視著我。

我的臉部保養是從念研究所才開始的，可能已經太晚了。用過洗面乳之後，沖洗乾淨，臉部肌膚就會有一種細細的收縮、緊繃，這時候便會充分感覺到與空氣之間的接觸，彷彿是細胞正在伸懶腰。我一直視為平常，甚至有些享受。有個學妹送了我一小瓶加入許多香料的乳液，她說：「那種緊繃的感覺，就是妳的皮膚正在失去水分，如果不搽些乳液，很快就會像風乾的橘子皮了。」經此恫嚇，我專心一意的用完整瓶乳液。

有一次我去阿命的套房找她，看見她的梳妝檯上一整排的保養品，從面膜到精華液，讚歎之中不免有些怨怪：「我不知道妳這麼多保養品啊。」阿命用很奇怪的眼光看我，她說：「哪個女人不是這樣的？」是啊，很多女人都是這樣的，保養品不是衣裳或鞋子，雖然常常穿著，別人卻視而不見。

我從阿命那裡學到許多保養臉部的知識，她也對於能給我這樣的啟蒙而自豪。寫論文的時候晝夜顛倒，作息大亂，最明顯受傷的就是我的臉，青春痘一發不可收拾，頰畔像一塊肥沃的農田，適合育痘，痘子之上還能再長痘子。一段時日不見，阿命驚呼說這是她忍耐的極限了，她不能坐視一個女人這樣糟蹋自己的臉。於是，她拖著我去「做臉」了。我很羨慕別人可以在療程中睡著，我的痘痘被擠出的過程，有著難以承受的痛苦，有好多次，我都很想推開美療師的手，大聲咆哮：「我不做了，醜死也比痛死好！」但是，因為親朋好友聽見我在做臉都顯出寬慰的神情，也只有繼續忍耐了。有一回和阿命一起躺在美療床上，她正說出自己失戀的情事，我的痘子裡蓄滿的膿血正被擠噴而出，尖銳的疼痛令我淚水汩汩流下，阿命被感動了，認為我是她最好的朋友。

現在，我臉部和身體的地心引力大戰都交給美療師，看著她嬌小的身形在我身上費力的推著揉著，忽然感到一種荒謬的悲哀，在這場拉鋸戰中，時間是必然的贏家，我們卻都不肯放棄。

不毛俱樂部

——除毛刀

幾年前教過的一個女學生要結婚了，我和另幾個女生約了她見面，在臺北東區一間新開的花果茶店裡。當年還在學校的時候，她們曾經說過都不結婚的，還封我為「不婚教主」，說要拜在我的門下，我連忙推辭不迭，拜託，拜託，我沒那麼憤世嫉俗，有機會結婚可不會放過的。另幾個女生說要好好審審這個逃兵，也要給她當頭棒喝，別以為結了婚就可以解決人生一切問題。因為做廣播節目，我遲了一個多小時才趕到，三個女生的果茶都已經回沖了，她們的話題也從結婚的正當性，談到除毛的正確性了。

即將做新娘的女生說：「我那個婆婆竟然跟我說，腿上的毛要給它拔一拔，不然不好看。喂！有沒有搞錯啊？我老公都沒說什麼了。」在我享用第一杯水果茶的時候，她們討論的是女人為什麼一定要變成「不毛之地」？「妳老公的腿毛比妳還嚴重？那好啊，叫他一起拔毛嘛，用鑷子一根一根的拔……」姊妹淘出了餿主意之後，笑得很開心，我卻覺得寒毛直豎，用鑷子一根一根的拔，我知道那個疼。

鳳凰女茱莉亞．羅勃茲曾在頒獎典禮中舉起手臂致意，露出濃密腋毛，招來一陣失禮的撻伐，好像全世界的人腋窩都不長毛似的。男人從什麼時候開始長腋毛的，我不知道，我只知道女人開始用衛生棉的時候，也就開始用爸爸的刮鬍刀，或是媽媽拔豬毛的鑷子了。忘了是哪個學姊說過，刮鬍刀愈刮毛愈多，所以，我選擇的是廚房裡掛著的小鑷子，天氣漸漸暖起來，準備穿無袖衣裳的同時，泡在澡缸裡，我咬著牙從事腋下的拔毛工程。連毛囊一起拔下，細小的血珠子也迸出來，我冷靜的起身，塗上一層面速力達母消炎。這是我對自己的身體做過最冷酷的事。幾年之後，赫然發現我的腋毛竟然停止生長了，像是呼應著我的厭棄的意念一般。

有一次和我的朋友瑞瑞去泡溫泉，她忽然大驚小怪的嚷叫，說我真是太幸運了，我的手臂與雙腿，幾乎看不見一根毛。接著，她便如泣如訴的向我訴說除毛血淚史。從男人的刮鬍刀開始用起，刮過之後的皮膚紅腫，爬滿小疹子，又癢又痛。然後，有了女性的專用除毛刀，小巧可愛的造型與顏色，刀片的設計更符合需要，還有貼上蘆薈貼片的，除毛也可以有樂趣。

現在，坐在我身邊的女生正講到一種新發明的除毛軟膏，可以徹底腐蝕毛髮，只是有時候效果太強，用布一擦不僅除了毛也破了皮，弄到鮮血淋漓。新娘子和我都打了個寒顫。另一個女生說，她用的蜜蠟除毛，就像貼著強力膠布，用力一撕，哇！又痛又爽。新娘說：「我媽叫我別除毛，她說，一支毛管三隻鬼呢。」旁邊的女生看著我的手臂大笑，她說，老師身邊一定有很多管不了的鬼。

我坐在除毛俱樂部裡，覺得有些困惑，其實，那只是身體的毛髮，我們那麼擔心自己的頭髮變少或是滅絕；我們那麼努力的變換頭髮的顏色和款式，卻那麼熱衷的要拔除其他的毛髮，這真是同毛不同命啊。長在頭上的太明顯，也就備受寵愛；長在下部的因為太隱藏，也就理所當然；長在腋下或是腿上的，既隱晦又招搖，便成了一種曖昧。人們最難以忍受而必須拔除的，或許就是這種曖昧吧。

蜘蛛人的熱情

——胸罩

一個比我年輕些的女性朋友，相當含蓄保守的，正在為租房子的事傷腦筋，她看中一個靠近捷運站的小套房，生活機能很不錯，銀行、麥當勞、披薩店、便利商店一應俱全。我們都以為她肯定會搬進去住了，過幾天聽說她還在找房子，這朋友的龜毛性格我們是知道的，打電話問她到底在挑些什麼？她說：「那個……樓下是賣內衣的。」我說我知道啊，說不定以後買內衣還可以打折呢。「可是，他們在招牌上寫著好大的『奶罩』兩個字……」她頓了頓：「告訴別人說我住在『奶罩』樓上，怎麼開得了口？」我愣了一下，很想問她，「奶罩」天天在用，有什麼開不了口的？但我沒問，因為我明白，有些人就是開不了口。

就像我們形容一個女人，說她胸部很美，極具想像力；說她乳房很美，就具體得多；說她奶子很美，就有點近於粗俗，被稱讚的人說不定還會覺得被侵犯了。可是，天地良心，在我小的時候，胸罩確實就叫做奶罩的啊。

少女時代我們這些發育較為遲緩的，竟然常常取笑那些戴著胸罩的同學。白襯衫多洗幾次就變得半透明了，我們可以從後面看見橫過同學背部的那一條不寬不細的帶子，大家竊竊私語，又發現一個穿著「吊橋」的女生。不知道為什麼穿著吊橋的那個女生，也總會顯現出一種尷尬的忐忑，好像自己不再是個純潔的女生似的。

我的第一件胸罩是母親從菜市場買回來的，那時候剛開始有鋼絲，布料挺粗糙，鋼絲壓勒出兩條瘀青，狀況實在不妙。但是，我還是穿著菜市名牌好幾年，因為母親也這麼穿，並沒什麼不妥。「黛安芬」、「華歌爾」和我一點關係也沒有。直到和我的朋友瑞瑞去逛街，她在百貨公司專櫃前精心為自己挑選胸罩，試了又試，選了再選，一下子是全罩的，一下子四分之三杯，一下子二分之一杯，我都快要睡著了，她才選了一個喜歡的。付錢時我嚇得說不出話來，一千五百元？媽媽替我在菜市買的最「高級」的胸罩只要兩百元。有好幾年，我都不和瑞瑞討論內衣，不知從何談起。

我住在美國的那段日子，瑞瑞總是不時以越洋電話對我噓寒問暖，特別是在我將「維多利亞的祕密」內衣型錄郵寄給她之後，她便按圖索驥的將型號告訴我，讓我替她買回臺灣。我帶著一大袋不能擠壓的胸罩內褲上飛機，出入海關，確實有點令人側目，更何況這些尺寸根本就不適合我。微微笑著的海關先生可能在想，這女人大約有些妄想症吧。

我的朋友阿命結婚時，我送她一套性感內衣，特別情商胸罩專家瑞瑞陪我去挑選。她說胸罩是男人的性幻想最佳道具，當男人覺得自己很行的時候，就希望女人穿上黑色或火紅的內衣去撩撥他。一旦男人要求女人扮成女學生穿純白胸罩，他就差不多玩完了，不是失去威力就是失業了。我聽著，趕忙把拿在手裡的純白蕾絲邊胸罩掛回去。

我常以為，在調情的場面中，最性感的絕不是真鎗實彈的造愛場面，而是氣喘噓噓的女人的胸罩被解開的一瞬間，雙乳破空彈出的景象；最令人洩氣的則是氣喘吁吁的男人半天解不開胸罩。女人非常需要胸罩，不穿胸罩令胸部下垂，穿胸罩的方式如果不正確，則會形成副乳。男人並不需要穿胸罩，卻很熱愛它，有些男人為了偷竊胸罩不惜扮演蜘蛛人，甚至墜樓摔死，這種熱情，據我所知，女人很難辦得到。

彈性的必須

——絲襪

從腳趾尖開始，一點一點往上拉，服貼的、柔軟的、透明的，越過腳背，足踝，輕輕的裹覆住曲線柔美的小腿，然後是膝蓋內側那個與頸窩同樣性感的角度，接著爬上大腿，拉到股根的部分時，扣上吊襪帶。義大利電影《真愛伴我行》中叫做瑪蓮娜的美麗少婦，獨居西西里島，等待著前線的丈夫回家，一群青少年每天守在她必經的路邊，興奮地輻射著所有淫邪的想像。其中一個專注愛慕著她的少年，曾經攀在窗上看著她穿玻璃絲襪的過程，透明的黑色絲襪，包裹住女人的美腿，令少年血脈賁張。那個穿著絲襪的場面，多麼像是一次愛撫的儀式？

其實，絲襪從來就不只是絲襪。許多年前，當我還是一個小女孩的時候，是絲襪的玻璃時代，玻璃絲襪是來自國外的奢侈品，包裝很精美，並且製作成腿和腳的形狀，看起來很性感。母親有兩雙玻璃絲襪，一雙已經穿過，折疊好與吊襪帶一起收在抽屜裡，另一雙還沒拆封，我常常拿出來看了又看。那時候女人大約都夢想能有一雙玻璃絲襪，如果玻璃絲襪勾破了，也不會隨意丟棄的，當年有種叫做「修補絲襪」的特殊技藝，通常是在街道轉角處，一張小小的桌檯，一把高高的椅子，一盞很亮的燈，和一個中年的婦人。母親那雙穿過的玻璃絲襪後來破了仍捨不得拆開新的，便送去修補，補好之後我竟看不出一點痕跡，我覺得那婦人簡直是神巫之流，從此經過那個街角都帶著點敬意。

當我成長為一個少女，絲襪不只是絲襪，正式進入絲襪的褲子時代，褲襪的發明使我們脫離了吊襪帶，穿起來更簡單方便，尼龍質料大量生產，絲襪的昂貴價值失去了。我的好友瑞瑞的姊姊瓏瓏有著高䠷的身材，有時候客串模特兒走秀，她穿著的絲襪不是一般的肉色，而是一種很夢幻的介於芋頭與灰之間的顏色，我終於忍不住請瑞瑞幫我問，「淺鐵灰的啦，景美市場都有賣，很便宜。」瑞瑞說的時候不知道為什麼有些不屑。我有好幾年都只穿淺鐵灰的褲襪，但是，瑞瑞總不穿褲襪，直到前兩年她努力減肥，甩掉八公斤，才開始穿絲襪。「妳不能瞭解一個胖女人穿絲襪的痛苦，簡直是酷刑。」說真的，我確實沒想到，褲襪所謂的「free size」並沒有為比較胖的女人設想過。

男人當然欣賞女人穿上絲襪後的性感與優雅，卻不瞭解女人在絲襪勾破的剎那，何以驚惶到歇斯底里的地步。襪子破了並不會流血，卻會顯出無比的邋遢，愛美的女人斷斷不能忍受。

《真愛伴我行》中的少婦經歷了丈夫與父親的相繼死亡，為了生活不得不成為娼妓，而後又遭到居民的毒打與羞辱，不得不離開。當她幾年後與並未戰死的丈夫一起回到島上，穿的是保守的套裝、褐色的厚襪，不再是性感的女人，反而帶著拙重的生活的樸實。

絲襪對女人的影響確實很大，蕭薔因為狗咬彈性絲襪的廣告成為一代美女，作家三毛選擇絲襪作為告別世界的方式。女人穿上絲襪只能改變下半身，男人搶劫的時候套在頭上，整個人都能改變，影響更為驚人。

披風揚起，旗袍裹身

——衣裳

有個女性團體舉辦活動，需要知名女性捐贈衣飾義賣，所得款項將移做公益之用。這樣的邀約令我心動，卻也免不了疑慮。我總覺得穿過的衣裳便有了它自己的記憶，它會記得身體的每個線條，那微微隆凸的膝蓋，輕輕窪陷的頸窩，還有主人身上特有的，連洗衣精也無法去淨的體味。買去了它的人，是否也買去了對於另外一個身體的記憶？於是，我所義賣的，也就不僅只是一件衣裳，而是我的身體的某些祕密？

然而，因為是相熟的朋友的邀約，也就不能推辭。我打開了衣櫃，盯著琳瑯滿目的各式衣裳，發起獃來。我的衣櫃裡有一半以上的衣物，是再也不會穿的了，卻也是每次捐贈二手衣時不願意清出去的。因為那些衣裳有著深深的情感牽連，看見它們，記憶便鮮活起來。也有一些衣裳，只穿過一次或兩次，再也沒有穿過的，就像新的一樣。我從櫃子裡挑出一件披風式外套，一件改良式蘋果綠旗袍，都只穿過一次，就一直藏在衣櫃裡，我以為沒有太深的情感牽連，也就不會有太多的記憶與祕密。清理並摺疊著它們的時候，赫然發現，每件衣裳其實都有著屬於它自己的記憶與祕密。

小時候正是武俠片風行的時代，看著那些俠女揚起披風像飛鳥展翅，我多麼渴想一件披風。披著床單，在彈簧床上跳來跳去，已經不能滿足我了，我想要的是那種絲緞光澤的美麗布料，就像林青霞演《紅樓夢》扮賈寶玉的披風，走動的時候，細細的波浪從雙肩抖落到腳畔。後來，我確實在世界各地買過各式各樣的披風，只是，現代都會生活穿著披風真有點不方便，好像還沒卸裝就跑出來逛大街的伶人。在澳洲旅行時，挑中了這件有袖子的外套，穿起來卻有披風的效果，一面是咖啡色，一面是寶藍色，還有個可以當成帽子的領子，設計很巧妙。只是我的動作太大了，外套總從肩上滑下去，身旁的人忙著替我拉衣裳，我也覺得苦惱，就一直掛在櫃子裡。有時候留戀的看一看，掛在那裡的，彷彿是我孩提時代想要展翅飛翔的夢。

小時候喜歡翻箱倒櫃找東西，有時候也真找出一些好玩的寶貝，像是吊襪帶和母親結婚穿的旗袍。粉紅色的絲緞旗袍，那麼細的腰身，上面用亮片繡著一隻鳳鳥，簡直是世界上最瑰麗的一件華服。我嚷著說，將來我長大以後，將來我結婚的時候，就要穿這件衣服。母親微笑的看著我，她說將來我結婚的時候，一定要做一件更漂亮的旗袍。我說就要這一件，母親只好答應。我想像著被冰涼的緊身旗袍裹住，漸漸地，旗袍吸收著體溫，變得暖和，也變得柔熟，一個女孩就這樣變成一個女人，變為人妻，變為人母，在一個家庭裡安定穩妥的生活。但我長大之後，比母親高大壯碩許多，怎麼也不可能裝進那件旗袍裡。後來，母親帶我買了這件改良式旗袍，那不是為了我要結婚，而是參加弟弟的婚禮。我猜母親是有些失望的，她沒等到我的婚禮；我也有些失望，穿不進那件繡著鳳鳥的旗袍。

小時候渴望飛翔的夢想，渴望在婚姻與家庭中安頓下來的夢想，都落空了。但我彷彿學會了，隨時能在生活中飛行的自由；沒有婚姻也能安定的幸福。

誰說女人一定要「合裙」？

——裙子

在臺灣，每個女人大約都穿過裙子，就算小時候不曾被父母親打扮成蓬蓬裙的小公主，到了念書的時候也得穿藍裙子，念到高中還得穿上軍訓裙，成為雄赳赳氣昂昂的英挺女兵。但是，女人到底喜不喜歡穿裙子呢？我在香港教書時，班上有個女生是學粵劇的，她唱的是小生，不管唱腔扮相都很迷人，我曾邀請她在班上演出，獲得滿堂彩。演完之後我請她吃飯以示感謝，談到她畢業之後的出路問題，我建議她不妨當個教師，還有寒暑假可以投入於她所鍾情的傳統戲劇，她聽了大驚失色：「我不能夠當老師的啊！」為什麼？「我怎麼可以穿裙子呢？」那是頭一次，我真切面對到，穿裙子這件事，原來竟有可能成為某些女人的生命困擾。

我一直都順理成章的穿裙子，不管是什麼樣的裙子。念五專的時候，大概是我和裙子的關係最不和諧的階段，學校規定女生要穿軍訓裙，上衣是卡其色或是白色的，腳上是黑鞋白襪，很多愛美也確實美麗的同學都到中華路去量身訂做曲線畢露的卡其短裙，薄而挺的布料裹著剛剛發育完成的青春軀體，格外撩人。我是很少數穿著學校發下來的傳統式軍訓裙的保守女生，裙長過膝，從來不熨燙我的制服，永遠像剛從醬菜缸裡撈出來就穿上身的樣子，裙子的下襬有一塊折疊進去的三角形，長年翻轉出來，像個大舌頭似的垂掛著，充分顯示出這邋遢女生自暴自棄的心態。因為沒有一條合身的裙子，成不了一個美麗的女生。

也許是基於一種補償心態，插班考進大學之後，我穿著各種花色的裙子去學校，果然引起一些討論，有人猜測我的家庭環境必然富裕；有人直指出我的身邊一定有很多男朋友，其實，我都是到當時還沒燒燬的博愛路布莊揀些折扣很低的廉價布，交給巧手的母親裁成花色繽紛的裙子，並且，身邊一個追求者也沒有。女人的裙子，原來也可以引發這樣多的想像。

長頭髮、穿長裙的飄逸形象，在我剛出書的那些年，似乎變成了註冊商標。直到多年以後，我的頭髮剪得很短，穿著剪裁俐落的褲裝出現，許多人仍會訝異地說：「咦？妳和我想的樣子不太一樣。」什麼地方不一樣呢？「嗯……覺得妳應該是穿裙子的……」

穿裙子的女人，和穿長褲的女人，原來是不太一樣的。而女人其實也自覺到這種不同，當我希望表現出來的模樣是女性的、溫柔的、浪漫的，我便穿上裙子；當我希望更瀟灑自在些，更聰明伶俐些，長褲是我必然的選擇。

一條圍巾就可以變化出一條裙子，一條裙子還可以轉化成一件披肩，比起長褲，裙子的變化靈活多了，也有趣多了。我曾經在下公車的時候，踩到自己的後裙襬，而以狗吃屎的姿態摔下車；也曾在騎乘機車後座時，因為自己的短裙吃足苦頭，於是宣示要發明出「穿裙子騎乘機車的一百種方法」。我仍在尋找一條可能在未來出現的，美得令人心痛的裙子，同時，心裡也很清楚，不管穿著多麼炫奇的裙子，永遠比不上一個男人穿著裙子招搖過市的時候，那樣的醒目。

相思的色澤

——也是裙子

少女時代讀著牛希濟的詞：「記得綠羅裙，處處憐芳草。」我翻起身子，看著自己縐縐的軍訓裙，如同牛皮紙袋的顏色，一點也不浪漫，絕不會有任何一個人，任何一個男人，因為我的軍訓裙而想起我的。只有我的朋友瑞瑞總是取笑我：「妳的裙子質料好特別，是縐紋紙做的喔？」那時候耽美的我卻一點也不在乎，穿著邋遢的裙子走過落滿杜鵑花的春天校園，有時候還因為傷春悲秋落幾滴眼淚。我想，我的無所謂，有一部分是自暴自棄的心態，反正我不可能穿著綠衣和裙子，在那所最頂尖的女中念書。

國中畢業前，已經熱起來的天氣，有一回父親帶我到北一女附近吃飯，父親點了一瓶沙士，分我喝一些，隔桌坐著兩個綠衣女生，背著好大的書包，父親說出他的願望，期許我能考進第一志願，穿上綠衣黑裙。我皺著眉喝沙士，覺得真是太難喝了，不明白為什麼有人愛喝沙士？我不喜歡沙士，我的成績太差，永遠不可能考上第一志願。我果然落榜，再沒碰過沙士，沒有機會穿綠衣配裙子，成為優秀的女生。

十九歲那年我從五專畢業，為了畢業舞會，母親特地挑選印花布料，為我做一套洋裝。沒有談過戀愛，甚至沒和男生說過幾句話的我，置身在那些盛妝赴宴的女同學之間，不免有些畏怯。舞曲響起更令我心慌，我沒參加過舞會，完全不會跳舞。舞會裡許多陌生的男孩子，在黑暗中蒐尋著邀舞對象，我看見一位高大俊朗的學長，也是班上女同學的哥哥，他的出現吸引許多女生的注意。同學把哥哥帶到我的面前，像個王子似的向我邀舞，我猜想他只是表示禮貌，照顧妹妹的同學們，於是我告訴他我不會跳舞，他可以邀請別人。他微笑地說：「我可以教妳啊，很容易的。」就這樣，我被他拉著站起來了，帶到舞池裡，在他的臂彎中緩緩的搖擺了。他教我放輕鬆，別低著頭，他稱讚我的裙子很美麗，像是開滿了花的小山坡。然後他慎重地說：「等一下我想和妳跳最後一支舞。」

那天晚上，最後一支舞曲響起來的時候，我躲在吧檯後面，看著他四處張望的尋找，看著別的女生上前邀請他跳最後一支舞。我的朋友瑞瑞告訴我，當男生提出最後一支舞的邀請，可是別具意義的，那時候我對於「有意義」這種事很感驚惶。事後我偶然會想起那個夜晚，想像著，他會記得開滿花的小山坡，那條裙子嗎？

當我的小說〈海水正藍〉被中影改編為電影時，我與編劇、導演初次見面，他們看著我走來，不約而同的說：「白衣裳白裙子，和我們想像的一樣。」那時候我多麼愛穿白裙子，就像席慕蓉詩中所說：「**但我仍在意裙裾的潔白／在意那一切被讚美的／被寵愛與撫慰的情懷。**」

我一直在尋找一條美麗的裙子，讓思念我的人可以記憶。後來我真的看見一個成功而美麗的女人，她穿了一條我所夢想的無比美麗的裙子，絲與紗的湖水色澤，零散的珠花點綴，就像是湖面漂浮的水藻，被陽光照射出溫煦的燦亮。這女人的專業與成功都令我羨慕，但，她坦率地告訴我不愜意的婚姻與孤獨的心情。湖水黯淡了，幸福熄滅了，要去哪裡尋找銘記相思的色澤？

最完美的弧度
——隱形眼鏡

我在光亮的地方，謹慎地開啟塑膠容器，從液體中取出小小一片，柔軟的，透亮的，讓它停在指尖，幾乎感覺不到一點重量，像裂了一半的渾圓露珠。我將它湊近眼珠，貼在黑瞳之上，它掙扎一下，與薄薄的淚融合，然後，乖巧的裹住眼眸，我的模糊不清的世界，驀然變得如此清晰——洗手臺上的水漬；鏡子上的沫痕；眼角細細延展的皺紋。每一次，戴上隱形眼鏡的過程，都像一則寓言，瞬息之間，看清楚了，也忍不住歎息了。

我認為隱形眼鏡真的是二十世紀人類偉大的發明之一，卻也是與我愛恨交纏最激烈的貼身用品。

十六歲那年，身邊近視的同學開始戴硬式隱形眼鏡，少女的眼眸晶亮有神，我的半張臉卻完全覆蓋在黑框眼鏡下，鎮日裡眉頭深鎖，非常不快樂。幾經爭取，我終於擁有第一副軟式隱形眼鏡，幾千元的費用是父母親不小的負擔，他們為了挽救因為自卑而疑似憂鬱症的女兒，還是咬著牙挺住了。去眼鏡行配戴的一刻，完全沒有不舒適的感覺，世界以一種鮮豔溫存的方式擁抱住我，我的內在沛然被熱情所充滿。雙眼原本就是我的五官中最引人注意的部分，我終於可以安靜的叫囂著：看哪！看我美麗的眼睛！

我喜歡去上學，喜歡和同學逛街看電影，喜歡注視著人也被人注視，喜歡一個嶄新的自己。可惜，好景不常，約莫半年之後，我的眼睛與隱形眼鏡變得扞格不入，上下眼瞼內部對浸泡液裡的汞過敏，生出許多小濾泡，只要一眨眼，隱形眼鏡就滑到眼瞼裡面，不斷磨擦眼球，損害著角膜，不管戴不戴隱形眼鏡，我的雙眼恆常是過敏的，慢性結膜炎彷彿永遠不會痊癒。那些年我著魔似的尋找更適合的隱形眼鏡，軟的、硬的、半軟硬的，也尋找著各種保存液或是蒸煮隱形眼鏡的方法。找不到更好的方式時，我便土法煉鋼，有時候左眼戴著，有時候右眼戴著，讓一隻眼睛痠痛著，另一隻眼睛休養著。

同時，我當然也常常去眼科檢查眼睛，那位醫生是熟識的，一向冷靜客觀，給我很多專業的建議。有一陣子，是我的相親高峰期，我戴著有框眼鏡去檢查，檢查完之後，戴回笨重的眼鏡，木訥寡言的醫生打量我一番，然後說：「如果妳想要相親成功，還是不要戴眼鏡比較好。」我知道說這句話的不再是專業醫師，而是一個普通男人的普遍審美觀。

從那時候起，隱形眼鏡重要得影響到我的生活內容了。我必須仔細規畫出戴隱形眼鏡的時間，調整我的約會與其他事務，如果今天戴過，明天就不能戴了；如果見過這個人戴過，見下一個人就不能戴了。我不能在外面廝混太久，因為隱形眼鏡的關係；我不能太晚睡覺，因為隱形眼鏡的關係；我不能每天都保持美麗的姿態，因為隱形眼鏡的關係。

年齡愈大，戴隱形眼鏡的機會愈少，可能是多了一些自信吧。猛然想起曾經觀看我戴隱形眼鏡的那個人說過：「真想變成隱形眼鏡，可以貼著妳最完美的弧度。」那時候不管是怎樣的折磨，都要和鏡片纏綿的我，為那樣的甜蜜語言而悸動。如今，我使用的是日拋型隱形眼鏡，用完隨手甩進了垃圾桶，並且明白，長久的不適合帶來的只是痛楚，一點也不值得。

都是因為眼鏡

——眼鏡

電影《我的希臘婚禮》中的女主角土拉，戴著厚重的眼鏡，披散著零亂的長髮，每天守在自家經營的希臘餐廳中，日復一日，不快樂的過生活。她的父母一心希望她能嫁個希臘丈夫，生一堆希臘小孩。但，那不是土拉的希望，她生長在美利堅合眾國，她想自由的談一場浪漫的戀愛。於是，她下定決心，脫下有框眼鏡，配戴隱形眼鏡，重新設計髮型，學會電腦，到旅行社工作，成為一個時髦風趣的女人。果然，這番改變之後，她遇見白馬王子，浪漫的戀愛，甚至破除萬難共結連理。電影中有一幕，土拉與父親一起到店裡上班，父親停妥車子，看著身邊還沒改變造型的女兒，披散長髮戴著眼鏡的三十歲女兒，忽然悲從中來的喊著：「天啊，妳真老。」坐在我身邊一起看電影的我的朋友瑞瑞笑不可遏，有一瞬間我真的很想搥她，這種痛苦，那些沒戴過眼鏡的人根本不能體會，只把它當成喜劇。我可是真切明白的，這是結結實實的悲劇，天天在生命中上演。

當年眼鏡的發明肯定是極大的貢獻，我曾在故宮看過某位皇帝批示的奏章，那位地方官向皇帝自怨自憐的哀歎，說是年老昏聵，兩眼盲昧，皇帝陛下御筆一揮，欽賜「眼鏡二餅」，受寵臣子還不匍匐謝恩，死而後已。那年代既不需要驗光，也不必配鏡，從爺爺到爹爹到兒子到孫子，說不定都是那二餅眼鏡。

在我小的時候，戴眼鏡也不是普遍的事，大人常說：「因為讀了很多書，太用功了，才要戴眼鏡啊。」我便惆悵地想，我這麼不用功，永遠不可能戴眼鏡了。人們或歆羨的稱「眼鏡仙」；或訕笑的叫「四眼田雞」，我們這些孩子卻是非常好奇的。我的父親因為遠視而戴眼鏡，有機會我便將他的眼鏡戴起來，一片白茫茫的暈眩感，好刺激。上了國中如果有同學戴眼鏡，大家還是好稀奇的搶著試戴，戴著捨不得拿下來，並不知道許多人以後的一生都拿不下眼鏡了。我在國二那年戴上了眼鏡，原因是躲在被子裡偷偷看小說，聽說很多女生的近視都是這麼培養出來的。

理所當然，配戴的是學生眼鏡，膠框將我的臉分割開來，也遮住我五官中比較出色的一雙眼眸。我意識到自己的醜，恨不能隱藏，躲避人群，愈來愈自閉。念五專時終於說服父母讓我戴隱形眼鏡，簡直是掙脫惡咒一樣的快樂，我喜歡別人注視我，我帶著微笑看人，世界充滿了繽紛色彩，甜美的笑聲和溫柔的話語。半年之後，眼中的過敏性濾泡讓我很不舒服，醫生宣判我不適合戴隱形眼鏡。我彷佛正在王子的懷抱中浪漫起舞，忽然被敲醒，發現自己只是閣樓上的灰姑娘，永遠沒有舞會。十幾年後，眼科醫生對著期待矯正手術的我解釋乾眼症不適合動刀，這痛苦再度蒞臨。

偶爾我戴隱形眼鏡出門，女性朋友會稱讚我的眼影好看，粉底細緻，問我近來是不是在戀愛？有時我戴著有框眼鏡，男性友人問我近來氣色怎麼這麼差？或者率直地指出這次的髮型不夠好看。每當這種時候，我都好想大聲喊出來，都是因為眼鏡的緣故。

都是因為眼鏡。

尋找玻璃鞋

我固定收看HBO的影集《Sex and the City》，四個三十幾歲的時尚女人，穿梭在紐約這座欲望城市裡，尋找愛與性，以及美好生活的故事。最吸引我注意的當然是專欄女作家凱莉了，她的敏銳與執迷，她的時髦與裝扮。凱莉提著一袋番茄回家，與正在烹煮食物的男友艾登討論買房子的事，她說：「我連買番茄都要記帳了，怎麼還有錢買房子呢？」看到這裡會覺得，嗯，很寫實啊，果然是作家的生活寫照。然而，看見凱莉眩目的衣著與配飾，便不免有些起疑；看見她又大包小包的提著新買的鞋子，走在曼哈頓街道上，簡直令人義憤填膺了。

凱莉買的鞋可不是一雙台幣一百九十元的地攤貨，而是以美金五百起跳，可高達一千三百元的 Manolo Blahnik 倫敦名牌，或者是另一位價位相當的倫敦設計師所設計的 Jimmy Choo 名牌，當凱莉心情沮喪的時候，就靠買鞋來救贖，這些鞋就像她永遠忠誠的愛戀。有一回凱莉遭搶，身上的錢和首飾都被劫，她還能挺過去，可是，歹徒連她的鞋子都劫去，終於讓她崩潰了。「戀鞋癖」的凱莉穿的鞋子是怎樣的款式，相當值得注意。絕不會是平底樸拙的中性鞋，也不會是跑起來很快的運動鞋，而是閃閃發亮，細跟露腳趾的涼鞋，在足踝上繫著長長的帶子，或者是楦頭尖長如鳥喙的包頭鞋，一定是細跟，細跟高跟鞋才能讓女人在尋找平衡之中挺胸搖臀，更有女人味。

不管是一雙一九〇的地攤貨，還是一雙一萬九的專櫃精品，女人對鞋子的款式與數量的需求，永遠超越男人許多。因為女人自小就從童話故事裡學到，一雙神奇的鞋子，會讓女人從廚房裡的灰姑娘變成宮廷裡的皇后，愛情的、命運的、神奇的玻璃鞋。每個女人都在尋找那雙只適合她的玻璃鞋，如同尋找一個只適合她的情人與愛戀。

許多年前，我剛剛出版第一本書，出版社老闆約了一些作家去他家裡餐敘，剛吃完飯我就告辭離開，在昏暗的玄關裡穿上米白色的包頭鞋，往回家的路上走。左腳沒啥問題，右腳卻總是不順，我以為天氣太熱腳發脹了，又或者是鞋子的皮革不夠柔軟，回到家才發現，我把別人的一隻鞋子穿走了。那麼昏暗的場面，那麼多相似的鞋子，怎麼辨認哪一雙是我的呢？

大約從那次之後，我開始蒐集特殊的鞋款，一眼就能認出來的美麗的鞋。我有腳背上棲著一隻水晶絲緞蝴蝶的涼鞋；高跟造型宛如溜冰鞋的紅色花瓣涼鞋；鞋面像哈蜜瓜鞋底像冰塊的厚底鞋；可以將腳背裝飾變換不同花樣的矮跟鞋，它們都曾令我受傷，像粗暴或嫉妒的情人那樣，噬咬著我的肌膚，使我流血。其實，美麗的鞋子很多時候是不合腳的，就像欲死欲生的愛情潛藏著毀滅性。

今年又流行起細帶子的涼鞋，類似芭蕾舞鞋與羅馬鞋的款式，那是我自少女時代就在尋找的玻璃鞋，我買了一雙紅色的，在腳踝上細細纏繞，一圈又一圈，忽然想起了替我繫過鞋帶的溫柔手指。

我知道，必然是在很愛很愛一個人的時候，才會願意蹲下來為她繫鞋帶。

腳尖的霞光

拖鞋

在我記憶中的第一個家，是磨石子地板的二層西式小樓，天冷的時候踩在地上透心寒；反潮的時候地板濕濕黏黏的，所以，很小的時候，我就有拖鞋穿。但是，我其實不喜歡穿拖鞋。到住在日式房舍的同學家去玩，我赤著腳和他們在木頭地板上跑來跑去，聽著自己小小的足得得得敲著房子的回音。

有朋友送了父母兩雙拖鞋，是真皮的，裝在鞋盒子裡，看起來是慎重的禮物。我將鞋盒拿去當成紙娃娃的家，母親將拖鞋穿在腳上，看起來很喜歡的樣子。那時候母親為了增加家庭收入，在樓上育嬰，她常常撫抱那些嬰孩，直到他們滿足的睡去。有一天下午，母親撫抱著一個嬰孩，孩子已經睡去，正要安放在小床上，門鈴忽然響起，郵遞員來送掛號信，鈴聲響得急促，母親擔心吵醒了午睡的嬰孩們，她匆忙地抱著懷中的孩子往樓下奔，在樓梯口，皮拖鞋一滑，整個人便像溜滑梯似的，從樓上摔到樓下。這一下摔得相當重，我看過從臀到腰那一大片瘀傷的血青，神奇的是，小嬰孩仍在懷裡熟熟的睡眠著，母親為了護持那個孩子，咬著牙摔到底。那個意外之後，母親再也不穿那雙皮拖鞋，我對皮拖鞋的恐懼感再不能消除。

我的朋友瑞瑞有一個拖鞋的記憶，也是和母親有關的。她說小時候父親常在家裡辦派對，母親為了能夠展現廚藝，又能替父親做面子，也很歡迎客人來家裡。她說那個穿著入時的女人來家裡的時候，她就隱隱覺得不太對，女人看著她們家，看著她母親，看著她們姊妹，臉上一直帶著禮貌的微笑，可是，就是不對勁。女人冰涼的手指輕輕撫摸她的臉，正是赤焰焰的端午節，小瑞瑞的渾身爬起雞皮疙瘩。她轉頭看母親，母親正笑得開懷，顯然什麼都沒感覺到，她忽然覺得好孤獨。

後來，父親有一次帶她去牌局，她喜歡在牌桌旁喝汽水吃點心，讀自己喜歡的故事書，到了才發現，原來是那個女人的家。女人很親切的照顧她，自己結過婚丈夫死了，最遺憾就是沒有一個女兒，像她這樣的可愛女兒。有那麼一刻，瑞瑞被女人家裡異樣的擺設所迷惑，甚至想像住在這樣的家裡，做為女人的女兒的生活。她注意到女人穿著長長的黑綢裙子，腳下趿一雙鮮紅緞面繡著彩鳳的拖鞋，露出來的一小截腿與足踝白得像雪。父親的這段外遇，她懷疑母親自始至終都沒知道過，她也懷疑那女人後來甩掉父親另嫁，於是，那個女人慵懶優雅的神態，不再可恨，而只是美。

我和瑞瑞曾在香港街頭挑選一雙緞面繡花拖鞋，我常想像著是被有錢有勢的男人豢養起來的女人，才會穿這樣的拖鞋，整天裡什麼事都不用做。只消把自己妝扮得美麗，安靜乖巧的等待就行了。瑞瑞說我不適合穿這樣的拖鞋，她看過我在家裡赤著腳跑來跑去的忙碌樣子，她說她自己比較適合，反正工作這麼多年夠累的了，要是有個男人肯豢養她，也很不錯。過不了半個小時，她就踢掉了拖鞋，嚷嚷著：「好悶啊，真難受。」我們將美麗的兩雙繡花拖鞋放在窗臺上，迫不及待跑出去喝下午茶、購物去了，瑞瑞說她就等著這次的換季打折，萬萬不可錯過。我在電車上，看著黃昏的晚霞明亮的照在路邊的門窗，忽然想到留在窗邊的繡花鞋，必然也在霞光的照射下發出不可思議的光燦。

疼痛的刻度

——白鳳丸

捷運車廂裡我看見兩個女學生偎依在一起，其中一個整個人都掛在了另一個身上，列車到站有人下車，空出座位來，我看見舉步維艱的女生被她的同伴攙扶著坐下，臉色蒼白如紙，彎著身子抱住腰腹，緊緊蹙著眉。我看著她，心中一陣緊抽，我明白她發生了什麼事，她經歷的正是我曾經歷並且猶未脫離的疼痛過程。疼痛像一隻怪獸，潛伏在下腹部的內在，忽然蠢動起來，一片片的噬咬著內臟，噬咬著皮膚，從頭髮到腳趾，一吋也不放過。一點點細微的風也讓人毛細孔賁張起來，因畏寒而忍不住顫慄。好痛苦好痛苦好痛苦，彷彿下一刻就要死去了。

我還記得自己在暴烈的痛楚中向同學求援：「可不可以送我回家？」那一天我們走出教室，準備下樓，碰見班上一個玩在一起的男生，男生抱了一只籃球，撞見我們的時候很吃驚，他問我們要去哪裡？又問我發生了什麼事？扶持著我下樓的女同學歹聲歹氣的叫他讓開，並不多做解釋，便拖著我揚長而去了。男生站在樓梯口，困惑的目送我們離開，那場面很像是我被女同學綁架了。我該怎麼解釋，自己其實是被疼痛綁架了呢？後來接著的好幾天，我注意到男生都警戒的觀察著我，當我突然起身或呼叫的時候，他都顯得緊張。我也記得那一天，快到家之前，我因為疼痛而抽搐而嘔吐了。

而所有失控的狀況，都在服用一片小小的止痛錠之後，恢復了秩序。

每一個月，我都在等待中懷著淺淺的憂鬱，我甚至將疼痛分出等級，就像氣象預報員預報海浪的級數那樣，告訴與我親近的朋友，這個月是小痛、中痛、大痛，或是劇痛，還有所謂的狂痛。我的青春歲月，我的身體，滿是疼痛的刻度。

因為疼痛，使我對其他人一切的疼痛都能感同身受。

因為疼痛，女人從少女時代起就不斷找尋更順更不痛的祕方，從中將湯到四物湯，從白鳳丸到姑嫂丸。兩岸還未交通往來的時代，我母親就有能耐找來蠟封白鳳丸，上面還鐫刻著「古法煉製」之類的字樣，取出裡面一顆墨黑的藥丸子，放進雞湯或排骨湯裡燉著喝，味道並沒有想像中壞，甚至也不苦，還有著甜味，卻覺得好膩歪，難以下嚥。父親只好將藥丸子搓成一小粒一小粒的，讓我和水吞嚥。也不知道吃了多久，忽然聽人說起，許多白鳳丸都有含鉛過重的問題，坊間的假丸也不少。我的白鳳丸生涯一夜之間畫下句點，父母親不願意我藉著止痛藥度過經期，便又四出尋訪專治婦科的中醫師了。奇怪的是，西醫一向擺明了沒啥辦法，中醫卻彷彿有太多辦法，可以解決疑難雜症。

我發現許多男人對女人的疼痛幾乎是沒有感受力的，或許因為女人不曾將自己遭受的狀況讓男人明瞭吧，就像我總覺得欠了那位男同學一個解釋。我曾試著對一位正在交往的對象透露過自己的痛楚，他詭譎的笑著說：「嫁給我再生幾個孩子，就沒事啦。」不能體貼別人疼痛的人，往往就會帶給別人疼痛，我當然沒嫁他，因為我情願忍受身體上疼痛的刻度，也不願增加生命裡疼痛的刻度。而我也認為如果能有效安全控制女人的經痛，這樣的發明應該可以獲頒諾貝爾和平獎，我深深相信，沒有經痛的女人，將對兩性關係與世界和平，做出更偉大的貢獻。

以香油膏我的身
——SPA

我剛剛做完SPA，喝下一杯花茶，邁開步伐與不遠處咖啡店裡等待的朋友阿命見面。她說我看起來精神氣色都不錯，我說是啊，做臉的時候，一個不留神，就睡著了，還做了一個小小的，行走在花園中的美夢。但，阿命看起來並不好，當她如願以償嫁給那個苦戀多年的情人，丈夫只留了三個前妻生的孩子給她，卻在大陸經商，兩、三個月才回來一次，她變成不快樂的女人了。

她說她懷疑丈夫有外遇，她說她被孩子牽絆著，哪裡也去不了……輕輕的，我的雙腿被搖晃著，包裹在柔軟的浴巾裡，然後，溫暖的精油厚厚塗上，一層層的抹勻，再抹一次，像蜜糖塌在蛋糕上，透明的、晶瑩著，閃閃亮光。當初，耶穌替門徒洗腳，並塗上香油，也是這樣的感覺嗎？我躺著，聆聽大自然的音樂，簡單的鋼琴聲配上鳥鳴蟲唱，一旁點燃的精油蠟燭，將薰衣草的法國田園氣息，播送在空氣中……阿命說他們相戀那麼久，她並不是要過現在這樣的生活，她只是想要更多的愛情、更多的慰藉，難道結婚之後，這些都被取消了嗎……芳療師溫柔的手堅定的握住我的足踝，然後是腳掌，做圓周式的運動，一圈又一圈；接著，她按摩我的每根腳趾，甚至連趾縫之間，也輕輕撫觸，便是最親密的情人，恐怕也很難做到的吧……阿命說她的丈夫不承認自己有外遇，只是因為上次離婚耗盡許多錢財，現在必須要更搏命打拚。但阿命不相信，她說如果讓她抓到把柄的話……喂！去做SPA吧，我說。

阿命瞪著她的大眼睛看我：「妳說什麼？妳到底有沒有聽我說話啊？」

我說我聽見了，所以才建議妳去做SPA啊，妳的身體需要放鬆，心靈才能放鬆，讓SPA幫幫妳的忙吧。阿命說她知道SPA現今風行，但是，她對這玩意兒沒啥好感想，怎麼能讓不認識的人莫名其妙的在身上捏捏揉揉的呢？

SPA的感覺，其實就是人類所渴望的撫觸行為；SPA的儀式，更像是回歸母體或嬰兒時代。當我們長大之後，很多人便失去了他人的撫觸和擁抱，SPA的過程中，我們全身緊繃的神經和肌膚鬆弛下來，感受著手指與掌心的壓力，時輕時重，來來回回。這經驗帶領著我們回到嬰孩時代，大人替我們洗澡，然後用香香的 baby lotion 為我們按摩全身，最後，把我們擁抱在懷裡，親吻著頸際或臉頰，喜悅的讚歎：「香噴噴的小寶貝。」我們知道自己被喜愛著，就愉快的笑了。我們仍留存著躺在浴盆裡的記憶，大人替我們洗澡，溫水從頸上往下澆，舒服得讓我們瞇起眼睛，水上飄浮的是黃色小鴨鴨。在ＳＰＡ浴缸裡，飄浮的是各色花瓣，我們其實仍依戀著別人幫我們洗澡的感覺，在這裡可以完成。而那盆冷熱適中的水，多麼像可以泅泳的子宮？

油壓、指壓的時代，是純男性消費的時代，按摩師多半是要「身材姣好，容貌美豔」，很快就淪陷在色情裡了。女人走進ＳＰＡ，要的是一種和諧美好的氣氛，綠色植物、流水、音樂、燈光，芳療師的指法與專業，女人令ＳＰＡ升級，成為一種善待世界也被善待的藝術和美學。

輯二：身外

指上光圈，心中鎖鑄

——戒指

有一次和我的朋友阿命去逛街，她在 Tiffany 的戒指櫃檯徘徊許久，我已經將手環哪，項鍊哪，看了好幾回，她還在試戴那只已經試過三次的戒指，我不得不提醒她，錯過餐廳訂位時間就要後悔莫及了。吃飯的時候她告訴我，她的先生已經允諾這次回臺灣，要犒賞她的辛勞，決定送她一只 Tiffany 戒指。我轉了轉她戴著的戒指，她笑起來：「男人送女人戒指，就是愛的表現，還有嫌多的啊？」我說這我可不知道，我沒收過男人送的戒指。阿命立刻收起笑容教訓我，她說我根本就是逃避心態，逃避並且懼怕固定而親密的關係，所以不接受戒指，甚至不戴戒指。直到現在，她仍對於我將那顆一克拉美麗鑽石變成墜子而不是鑲成戒指這件事相當不滿。我說鑽石是我買的，我要怎麼佩戴都可以。她看著我的那種惋惜的眼神，唉，多麼像我媽。

我真的不喜歡戒指嗎？其實倒也不是。小時候我將媽媽收藏起來的戒指戴在每根手指頭上，幻想著自己是華麗風格的公主。二十歲那年，我特別請媽媽將我出生時親戚送的嬰兒小戒指找出來，戴在小指上，很有一點復古風情。過不了多久，戒指下的膚肉開始薄薄的潰爛，醃肉的顏色與氣味，那塊圈圈裡的痛感漸漸消失，好像死掉了似的。因為害怕，我取下來，不再戴戒指了。

在感情裡，我也曾經因為承諾，而有了某一種痛感漸漸消失的感覺，既然不疼痛，彷彿也就是幸福的了，然後，那個與我在一起的男人說：「嘿，什麼時候我們去看個戒指吧？」看戒指做什麼？我的警覺性升得很高，瞬間口乾舌燥，我說，我不能戴戒指的，我的皮膚啊，不知道怎麼搞的，一戴戒指就過敏哪，真是糟糕。

當我看見《慾望城市》裡的凱莉好不容易遇到那個懂得愛她的男人艾登，甚至也接受艾登的求婚，戴上那枚夢寐以求的鑽戒，過不了多久，卻又將戒指當成墜子掛在胸前的時候，我想起自己曾經和那個男人說過的話：「你不必送我戒指的，我把戒指戴在心裡面，永遠不會遺失，這樣不是更好？」艾登因為凱莉不肯走進婚姻，和她分手了；我也還記得當我說完那些話，男人眼中顯現的失落和憂傷。

我的另一個朋友瑞瑞比較可以瞭解這個部分的我，她說男人在努力取悅一個女人的時候，送戒指是最好的禮物，但，這禮物其實是有陰謀的。女人甘願為了一只戒指付出一切，這付出遠遠超過戒指的價值；然而，男人常常在和女人分手的時候索回戒指，女人卻索不回已經付出的一切。「女人是戒指的奴隸。」瑞瑞刻薄的說。

現在，我最愛的一只戒指，是 Anna Sui 黑色的唇蜜盒，塑膠材質的大玫瑰，更像是一個玩具。我將它戴在食指，因為不協調，特別搶眼，朋友見了總忍不住要問問，我就摘下來，讓別人戴上去，不管是大人還是小孩，不管是女人還是男人，都喜歡。因為想戴的時候才戴，因為總是拆下來玩，它一點也不傷皮膚。當然，我有時候也會思索，也許我仍是那個喜歡戒指的女生，只是恐懼被戒指鎖鋳住的愛情，將一層層的潰爛，漸漸死去了。

打開百寶箱

——首飾盒

睡午覺是每個小孩子必須要盡的義務，念小學之後，我在床上輾轉反側，再也睡不著，好像是忽然被充滿了氣的氣球，落不了地。可是，做為一個姊姊，我有義務要陪著比我小三歲的弟弟睡午覺，所以，該上床的時候還是得上床。我和弟弟東拉西扯的說一些閒話，他的反應漸漸遲滯，睡去了。我於是悄悄翻身爬起來，從床頭櫃裡搬出一個透明的圓盒子，小心翼翼的打開，裡面鋪了層雪白的棉花，棉花上面擺著的就是我心裡的無價之寶了。有母親當新娘時的耳環和項鍊；爸爸的船員好友從世界各地蒐集而來的假寶石胸針，還有母親的姊妹淘送她的各種飾品，我一件件地點數著，像一個守財奴。

然後，我在鏡子前面穿戴起來，先掛上項鍊，我最喜歡的是三串的銅黃色珠鍊，各種形狀與質材的珠子串成，有古樸的金色，灑金砂的軟糖色，拿在手裡挺沉的。接著再戴耳環，我偏愛的是粉紅藕紫色垂墜式長耳環，母親的結婚照裡有一張穿旗袍的，豎領箍著她長長的頸項，戴的就是這副耳環。我對著鏡子裡的自己巧笑倩兮，喃喃地說：「等我長大以後……」

等我長大以後，我真的變成一個不戴耳環或項鍊就不能出門的女子。少女時代同學們紛紛穿耳洞，我也曾經心動過，卻被我的朋友阿命嚇得退避三舍。她在夜市裡穿了耳洞，對於穿洞小姐的手藝讚不絕口，說是簡直沒感覺，下次要帶我去穿。一個禮拜過去，傷口非但沒有癒合，反而潰爛流出膿來，她吃了消炎藥，用了雲南白藥，才好轉一點，換上一副新買的耳環，又開始潰爛發炎。不只是她，好幾個同學也發作起來，每次看見阿命的耳朵，我的腿就發軟。這創傷很劇烈，使我終生不敢嘗試，只好戴著夾式耳環。

夾式耳環要夾得緊就不可能舒服，夾子噬咬著耳垂，疼到失去感覺，直到取下耳環，疼痛感才甦醒，變得更劇烈。就像是一種激烈的愛戀關係，傷害多了也就麻痺了，可是分開來又疼得厲害。但我還是不能抗拒，耳環愈戴愈大，只要一搖頭耳環就會騰空飛去。然後有一天，戴耳環忽然不再流行，我也發現除去耳環的自己看起來比較年輕，許多金屬的、塑膠的、人造寶石的，各式各樣的耳環都被收進一個盒子裡。

可能為了增加自信心，我剛開始演講的那幾年，總要戴上項鍊，而且是鍍K金的，短短的圈在頸上，明亮晃晃。我不知道自己有什麼可以說給人家聽的，就把那個架勢做出來。有一次我的朋友瑞瑞聽我演講完，她蹙著眉問：「怎麼把自己扮成媽祖娘娘啦？」我還算是個從善如流的人，趕快把項圈取下來，收進盒子裡去。奇怪的是，對於我的耳環或者項鍊有意見的，總是女性朋友，和我交往過的男人，從來沒有任何評價，我猜他們從不知道我對這些飾品的感覺，以及我所經歷過的幾個階段，從渴望到氾濫到疏離。

現在仍會有朋友送鍊子給我，都是秀雅小巧的細鍊子和小墜子，閃閃點綴在鎖骨之間，似隱若現。正好符合我現在的心情與生命狀態。

至於那些誇張的、喧譁的耳環項鍊，都裝在箱盒裡，有時候六歲的姪女來我房間玩，她會悄悄打開那隻百寶箱，用著讚歎的聲音說：「哇！好多喔，好漂亮喔……」我可以想像她沒說出來的那句話：「等我長大以後……」打開百寶箱的瞬間，每個小女孩都渴望長大，女人卻渴望變成小孩子。

請問，現在幾點？

——錶

「如夢如幻月，若即若離花。」的石塘咀倚紅樓紅牌阿姑如花，服食鴉片香消玉殞之後五十年，向陰司乞得七日假期，穿越時空，重返陽世，為的是尋訪那約定好了一起殉情的溫心老契十二少。如花想知道的是現在是哪個年頭，是幾點鐘？她想知道的是，那個失了約的情人，到底會不會出現？香港女作家李碧華的小說《胭脂扣》，描寫了這樣一個淒豔而又殘酷的愛情故事。

農曆七月鬼門開，天黑以後，最好不要在暗沉的校園裡，追著人問：「請問，現在幾點？」回答你的極可能是拔高的尖叫和雜亂倉卒的腳步聲。那座位於陽明山上的最高學府、淡水河畔裝飾著宮燈的校園、椰影深深湖心醉月的所在，總有著這樣的傳說：說是一個被男友辜負了的女大學生，和男友約好了要談判，時間是夜晚十一點，男生沒有來，女生含怨投湖。從此，深幽的湖畔便在黑夜裡流動著等待的微風，有時候會見到一個臉色慘白的女生，倏忽飄然而至，挺有禮貌的挨近來：「請問，現在幾點？」聽見了回覆，還向人致謝，接著走進湖裡面，隱身不見了。校園裡的鬼故事總是女性角色，必是為情所困或遭到負心，幽靈不散還苦苦的問著：現在幾點？

對於愛情，對於承諾，時間彷彿是無比重要的事。活著的時候分秒必爭，死去以後仍無法掙脫。我只是感覺困惑，對於已經死去的人來說，時間還有什麼意義呢？人類所有的哀愁，都是從意識到時間開始的。但，我們總是那麼充滿期待的戴上第一隻手錶，不知道等在前方的會是什麼？

我的第一隻錶是十四歲的生日禮物，纖細的銀色金屬女錶，是乾媽戴過的，橢圓形小巧錶面，沒有磨損的痕跡，乾媽教我如何上發條，我仔細聆聽著，小心翼翼地戴在手腕上。從此之後，再也不必問人家，現在幾點鐘了？但，我的煩惱也接踵而來，到了約定時間沒有出現的朋友；不管怎麼跑也趕不上的公車，一節一節錶鍊夾咬著我的手腕，一椿一椿與時間有關的事情騷擾著我的生活。我可能換過許多錶，卻再也取不下時間。

我戴過電子錶，在胸前垂過掛錶，最無計可施的就是那種沒有刻度與數字的錶，儘管時針分針依舊規律的行走，我卻茫然恍惚，完全不能辨讀。我替自己買的錶，遠不如別人送的多，有個人熱中送錶給我，平均半年就送一隻，一律是秀氣的女錶款式，並不知道我有時候很想戴Swatch手錶。每次收到新錶，我都請他別再送了，他說：「我就是要給妳很多很多的時間。」每一對相戀的情人都真心誠意的如此希望吧，手錶我仍收著，至於時間，已經分配在更具意義的事情上了。但我不會見人苦苦追問：「說好要給我的時間呢？」在這種事情上，我似乎太理智，太勇於面對現實了。

天熱的時候我懶得戴錶，明知道手機顯示著時間，卻還要問身邊的朋友：「請問，現在幾點啊？」然後，專注的等待朋友的回答。就像小時候攀著大人的手臂問，現在幾點鐘？幾點鐘？彷彿時間仍沒有構成威脅，彷彿自己仍那樣嬌癡幼小。

魔鏡，魔鏡，告訴我

——鏡子

女人從童話故事裡明瞭，鏡子，是我們最好的朋友，也是最殘酷的真相。白雪公主那位明豔照人的繼母，供養著她的魔鏡，也被魔鏡的甜言蜜語所奉承——「親愛的皇后啊，當然是妳，妳是全世界最美麗的女人。」然後有一天，魔鏡移情別戀了，它愛上更年輕的白雪公主，於是它改變了心意：「皇后當然也是很美麗的，但是，白雪公主才是世界上最美麗的女人。」一剎那間，優雅美麗的皇后，變成了滿懷歹毒報復心的醜陋巫婆，必欲置白雪公主於死地。就像一個遭到情人背叛的女人，遷怒於情敵，事實上，應該被毀滅的，是那面見異思遷，薄情寡義的魔鏡啊。白雪公主與繼母弄得兩敗俱傷，魔鏡完好如初的保留下來，成為女人生活中最重要的伴侶。

鏡子總是有些神奇的魔力，少女時代有一則廣為流傳的說法，深夜裡坐在鏡子前面削蘋果，能夠一刀到底，皮都不斷的話，午夜十二時，就能從鏡子裡看見未來另一半的容貌。妳試過嗎？半夜三更不睡覺，緊張兮兮的削著蘋果皮，不能削斷，還得趕上十二點整，抬頭的那一刻，看見自己的黑眼圈和狼狽相，就已經夠恐怖的了，如果真的看見一張男人的臉，豈不是要精神崩潰了？

少女的我是不照鏡子的，只有早晨洗完臉梳頭髮的片刻，勉強站在鏡子前面，忍受鏡子的嘲笑，鏡子裡照出的模樣，過於細瘦扁平的身材，迷濛失神的雙眼，死氣沉沉的臉孔，都不是我喜歡的樣子。在學校裡上完廁所，洗手間的鏡子前擠滿愛照鏡子的女生，我從不停留，快步走過，站在門外等候排隊照鏡子的同學。五專女生將「愛漂亮」這件事視為國民應盡的義務，上課時也不忘盡義務，每人一面小鏡子，對著擠黑頭粉刺，白花花一片亮光，老師忍無可忍的時候，就會咆哮起來：「還照！還照？鏡子都給妳們照成玻璃了！」哪怕是照成了玻璃，女人還是離不了鏡子。

除了家裡的化妝鏡，車上的梳妝鏡，粉盒和口紅匣裡的小鏡子，這城市處處充滿鏡子。文明城市裡的建築質材愈來愈光亮，玻璃的使用愈來愈多，走過街道，行過路邊停放的車輛，到處都反映出自己的身影，我們再也不能專心走路了，我們對於不夠完美的自己愈來愈介懷，我們必須去健身房；必須上減重班；必須換一個新髮型；必須注射肉毒桿菌，當所有的玻璃都被我們照成鏡子，有一種隱形的焦慮感正在澎湃暗湧。

哈利波特的意若思鏡，可以照見人們心底的欲望，人在鏡子前面變得軟弱了。但是，欲望是我們必須面對的，所以老年的武則天建立了鑲滿鏡子的「鏡宮」，貯滿年輕力壯的男子晝夜尋歡取樂。許多人終身都在尋找一面「好」鏡子，卻不是誠實的鏡子，好鏡子總是隱惡揚善，令我們愉快。大抵說來，服裝店的鏡子都是這種好鏡子，只要是穿上新衣裳往鏡前一站，便覺得愛悅不已，覺得這是量著自己身材做的，覺得自己變得窈窕美麗，雖然心裡知道這鏡子的角度是調過的，並不真實。魔鏡說謊了嗎？倒也不是，它只是換了個角度說話。

棉花在唱歌

被子

銀幕上梁朝偉飾演的刺客，與章子怡飾演的婢女，蓋著一床紅色的被子，被翻紅浪，浪潮洶湧淹沒一旁窺看的女刺客張曼玉破碎的心。這是張藝謀電影《英雄》中令人印象深刻的一幕。然而，這一幕卻有似曾相識之感，使我想起若干年前轟動一時的尊龍與陳沖演的《末代皇帝》，溥儀與皇后及妃子一起覆蓋在黃色的被子裡，笑聲喘聲與人形激烈蠕動，愈來愈香豔刺激，被子翻騰出的顏色愈來愈紅，完全是被翻紅浪的意象，原來是有人放火燒了宮殿，火光照紅了衾被。

我印象裡最深刻的一床被子，是陳舊單薄的墊被，很鄉氣的碎花布，原本一定是粗糙的質料，卻因為年代久遠的關係，變得柔熟。那是父親少小離家，四處飄流時，祖母做給他隨身攜帶的。他就這麼一路帶著，與樟木箱一起，從老家到了上海，到了大陳島再到臺灣，有這麼一床墊被，不管天涯海角，都能安睡。直到他結了婚，做了父親，這墊被墊在了我的單人床上。我沒見過祖母，連一張相片也沒有，這床墊被成為我和祖母之間唯一的連繫。

小時候的被子都是論斤論兩的，愈重愈好。寒流來襲的夜晚，蓋著十斤重的棉被，連翻身的力氣也沒有，我懷疑古代人要有扛鼎之力，才能被翻紅浪吧。那時候被子蓋了幾年就要送去彈棉花添新棉，街上有一家棉花店，放學之後我故意從店門口經過，觀看老先生彈棉花，總是會發出極有規律的、好聽的弦音，彷彿棉花在唱歌。現在人蓋棉被的要求是愈輕愈好，羽絨被變成新寵，我蓋著新買的百分之九十羽絨，百分之十羽毛的那床新被子，竟然還能嗅到海鳥的氣味。有時候夢中便會到海邊，看見在天空裡盤旋的海鳥，我相信是因為這床羽絨被。

我的朋友阿命剛結婚的時候，最不能適應的就是被子問題。她的丈夫理所當然要與她共蓋一床被，說是「蓋著一被子，相愛一輩子。」阿命甜蜜的同意了。婚後一個禮拜，她都在被子攻防戰中徹夜未眠。丈夫睡著之後動作很大，一翻身就捲走整張被子，寒夜裡新娘阿命每每被凍醒，用好大力氣搶一點被子回來，天亮之前又抖著醒來。丈夫也知道自己的毛病，睡覺前都會信誓旦旦表示絕不再犯，睡著之後完全不能自主。阿命用重感冒說服了丈夫，讓她買一床新被子，她告訴丈夫，再繼續蓋一被子，她就只能活半輩子了。

我的另一個朋友瑞瑞曾經與她的老闆墜入愛河，老闆是有妻室的，這段不倫之戀帶給她很多鮮明的異樣感受。到國外出差時，他們必然住在隔鄰的兩間房，纏綿過後老闆回另一間房就寢，天亮之後必然再溜到瑞瑞房裡來，他喜歡鑽進被裡擁抱住瑞瑞暖熱的身體。許多人熟睡之後體溫降低，瑞瑞是那種不降反升的人，她的情人形容她是個暖爐。溫香、甜美、能說能笑、豐腴柔軟，只是靜靜擁抱著，便能滿足騷動的欲念。

以往住在旅館，我都以沐浴設備和咖啡吧來衡量它的等級，現在則以被子來衡量，一床輕軟保暖的好被子，預兆著一場好眠，正是對於旅人最細微的體貼。

夢的入口

枕頭

我的頭靠在枕上，從頸子開始鬆弛，然後是肩臂，睡意像一隻貂，輕巧地爬過我的腰，然後是腳，就要睡去了，在深深的夜裡。在一個枕頭的倚托下，我把自己交給睡眠，也交給不能預測的夢境。

我曾經收到過一個枕頭，作為生日禮物，那時我正陷在自己的輕憂鬱之中，總是睡不好。捧著枕頭的我的朋友說：「換一個枕頭，也許能睡得好一些。」我在她的好意之中頷首，並且開始換枕頭。我脫下枕頭套，赫然看見用了一段時間的枕頭裡布上，黃褐色的斑斑點點的痕跡，這些都是我淌流過的眼淚啊。在睡前，那段空白的時間，很多因為愛而生出的委屈和痛楚緩緩包圍住我，於是，我的臉貼著枕頭，我的淚順著眼角傾流而出，枕頭沉默的吸去了我的淚，卻留下這些觸目驚心的創痕。我用一種前所未有的微妙複雜的心情，環抱住那個即將被丟棄的枕頭。

唐傳奇小說裡的崔鶯鶯在婢女紅娘的陪伴下，到西廂房與張生私會時，紅娘先將鶯鶯的枕頭送去，喚醒正在睡夢中的張生，使張生又驚又疑，看著那個枕頭，還以為自己在做夢。偷情的女人，連枕頭都要自己帶著，可見這是多麼私密的個人用品啊。傳奇小說裡還有另一篇故事，叫做〈枕中記〉，說的是一個跋涉在科舉功名路途上的書生，在旅店裡遇見一位道士，借了他一個枕頭小寐，枕上有一個洞，書生極目注視著，那個洞愈來愈大，他竟然鑽了進去，接著考上功名，平步青雲，備受皇恩，也曾受讒害，卻能平反，直至老病去世，才從夢中醒來。夢的入口，原來就是枕頭。

到了中年，總免不了有一點腰痠背痛的苦惱，我的朋友瑞瑞聽從醫生建議，決定拋棄她用了好幾年的羽毛枕，換成高密度乳膠枕。我問她，哪天可不可以去她家打枕頭仗。看見好萊塢電影裡的小孩子，拽著枕頭彼此打來打去，白色羽毛飛舞滿天，感覺好像天堂。小時候我們是不打枕頭仗的，我睡過茶葉枕，每次轉側都聽見乾燥的茶葉被壓得更碎的聲音，剛剛用的時候還能嗅到淡淡的茶香。小學時常流鼻血，睡到半夜也能血流滿面，母親聽人說綠豆殼清火安眠，便用來裝枕頭。不管是茶葉枕還是綠豆殼，似乎都不適合打枕頭仗，我的天堂夢想一直沒有實現。瑞瑞聽完，蹙起眉問我：「羽毛飛滿天，你不會過敏打噴嚏嗎？」好吧，這又是人到中年的另一個苦惱，過敏的東西愈來愈多。

那天瑞瑞告訴我一個傷心的故事，說她的母親在父親背叛離開的多年之後，仍在床上留著父親的枕頭。有一次她進臥室去，看見母親抱攬著父親的枕頭，沉沉的睡著，她忽然覺得好恐怖，一個人怎麼能無望的愛戀另一個人這麼長久而熱烈呢？我聽著她說的事，正想著該怎麼安慰她，她忽然佻達的笑起來，告訴我，枕頭應該只有兩種功能：「枕在腰上做愛，枕在頭上做夢。」我知道，安慰對她根本是沒必要的。

我的臉貼著枕頭，嗅著自己的氣味，就從這裡進入，一個新鮮的夢。在夢裡，我愛過許多人，也被許多人愛過，我在離別中落下眼淚，在擁抱裡幸福歎息，醒來才知道，原來是真實的人生。

大象上了一條船

——體重計

在沒有磅秤的年代，人們如何得知自己的分量呢？我想到的是三國時代用船來替巨象磅量體重的曹沖。曹操有個極其俊美秀逸而又天才出塵的兒子曹沖，他的寬厚慈愛與聰敏慧黠，讓父親寵愛備至。孫權送來一隻巨象，曹操想知道象有多重，滿朝文武卻束手無策，是這個十一、二歲的小少年想出了用船做為度量衡的辦法，在船身刻上浸水的深度，再裝入等重的石頭。我在小學課本上讀到的故事，大象站在船上，小小的曹沖正在畫浸水刻度。老師說這個天才兒童十三歲就病死了，從此我總覺得那隻大象始終還站在船上，等待度量，永遠上不了岸。讀《三國志》的時候發現曹沖真是濟弱扶傾，簡直像個蓮花座上的活菩薩，當他病死，他的父親痛哭流涕，對前來安慰的曹丕說：「沖兒之死，我是哀痛欲絕的，你們就該暗自慶幸了。」曹丕日後即位為文帝，只要全力對付一個詩人兄弟曹植就好，或許真該暗自慶幸。我其實也替早逝的曹沖慶幸，如果他沒有死，即了帝位，該如何應付那些血腥殘酷的殺戮；又或者他像曹植一樣被流放，對於世間的絕望又該將他摧折成怎樣的枯槁憔悴？

就讓大象永遠停留在船上吧，至少，曹沖已經飄然登岸了。

在磅秤還不那麼普及的時代，我們在學校裡每學期開學一定要量身高體重，我必定在那天吃特別多東西，喝好多水，才慎重的踩在體重計上，保健室阿姨將砝碼調來調去，搖搖頭說：「不長肉啊，一點都沒長。」小學六年級，我的體重紀錄欄上寫著「25KG」，雖然我的身長已經有一百五十公分了。我的手臂和雙腿特別伶仃細瘦，膝蓋關節明顯突出，就像螳螂的腳一樣。如何才能增加體重，變成父母親和老師的重要課題，每天喝一瓶鮮奶；每日一罐養樂多，花費不少金錢買來的「美力肥」，說是吃了會長胖的，一點也沒長。而我懷疑當初的那些營養補給品，在我二十五歲之後，開始本利雙收了。於是，我再度成為一個「斤斤計較」的女人，只是計較的是又多長了幾斤肉。

既然如此計較，磅秤就變成浴室裡的必備用品了，其重要性和牙刷差不多，為什麼要放在浴室？因為最有可能秤到淨重啊。我那個指針型的磅秤用了好些年，朋友來我家都說秤起來比較輕，它是一個受歡迎的磅秤。近來我想換一個電子磅秤，我的朋友瑞瑞激烈反對，她說她買了一個，後悔得不得了，稍微有點風吹草動就鉅細靡遺的呈現出來，「妳說，買這麼精準的磅秤，不是和自己過不去嗎？」於是，我到現在還在用那個和藹可親的老磅秤。只是不太明白，磅秤難道不是為了磅出真實的體重而存在的嗎？

過年前到曼谷度假，住在湄南河畔號稱亞洲第一的酒店裡，每個小細節都有貼心與細緻之處，確實名不虛傳，住宿的最後一晚，一時興起，我在沐浴之後踏上那個電子磅秤，數目字跳啊跳的停下來，我發出一聲尖叫。天啊，足足比我在臺灣磅的多出四公斤，四公斤啊。這一來，我在舒適的浴室裡頭暈目眩了三分鐘才漸漸平復。被磅秤嚇到的經驗不少，這一次最震驚。check out 的時候，櫃檯客氣的問我是否滿意，有沒有什麼建議。「可以換一個體貼的磅秤嗎？」我拚命憋回這句話，心碎的離開。從那時便知道，對我而言，有時候親切比真實更可貴。

傘，海角天邊

——傘

我喜歡傘，因為傘骨總親暱的靠在一起，撐開來又有著那樣美麗的圓弧形狀。小時候穿著雨衣的我，為了有一天可以撐傘，期待長大。念中學開始，我擺脫了濕淋淋氣味酸腐的雨衣，書包裡放著一把摺疊傘，很有些沾沾自喜。幾年之後，漸漸不耐煩帶傘出門了，有一次和一群同學從視聽教室出來，準備搭公車回家，豆大的雨點落下來，將廊簷敲得叮噹響，我們都沒帶傘，擠在簷下避雨。忽然一位學長說：「你們這些女生怎麼搞的？竟然一把傘也沒帶？」其他的男生一起附和，身邊的女同學很不好意思的解釋，說是出門時沒想到會下雨嘛……沉默的我有著小小的困惑與不平：誰說帶傘是女人的責任？

如果下雨時，有個男人體貼的為我撐傘，我想，我一定會愛上他。

這想法很快就面臨挑戰了，大學裡有個男生常常會在我上課的教室附近晃蕩，有時候託人送來一顆蘋果，或者是一包蜜餞，當然，也送來他的詩，那些詩有時候還會登在校刊上。當我在臺上排戲的時候，他坐在臺下發呆似的盯著我看，那晚排完戲，下起大雨來，我照例沒有帶傘，他撐一把黑傘，在禮堂門口等著送我去搭車，我不肯和他一起走，他不肯我淋雨，僵持之中他忽然將傘塞進我的手中，很快的跑開，消失在黑夜裡。我託同學將傘還給他，並且請他不要再等我了。過了一段時間，校刊上他的詩這樣寫著：「**為你撐傘／卻當我是有毒的蘑菇**」從那時候我就明白，並不是一把傘，就能讓我愛上一個男人。事情絕不會那麼簡單。

傘，也讓我學會比較坦然地面對失去——人的一生到底得丟幾把傘呢——我們丟掉傘又撿到傘，許多傘在不同的手中流轉。「管它是誰的？能遮雨就好。」我的朋友瑞瑞很少淋雨。我不撿別人的傘，甚至在下雨時還會想念我曾經擁有過的那些傘。某個階段我特別喜歡摺疊式的小傘，輕便好攜帶，不下雨的時候也不會顯得多餘。我偏愛一把質材很輕，內裡與外表的花色完全不同的摺傘，我撐著它去上課，將它放在講臺旁晾乾，學生常常會歆羨地讚歎，好漂亮的傘。那把傘有一次被我遺忘在教室裡，就此遺失，學生們都有種歉疚感，彷彿未善盡督護之責。

我還有過一把金黃色的歐風長柄傘，手把處像一個花苞，鑲嵌著一顆紅寶石似的琉璃，像一柄寶劍，當我帶著它總會吸引不少目光。從此我愛上長柄傘，不僅是裝飾，還可以防身，這傘跟了我很多年，最終還是遺失了，令我好生惆悵。然而，惆悵何止於此，我曾經和一個男人進行著一場祕密的愛戀，我們到異地旅行，遇雨，我挑了一把傘，他付了錢。他希望我帶傘回家，而我堅持不肯，他不明白一個女人在愛情裡怎會有這麼多的忌諱？我不明白為什麼我們那麼小心翼翼還是散了？那柄傘依舊在他的辦公室，我們卻各自流轉到不同的愛情裡了。

走過海角天邊，遇過許多帶傘不帶傘的人，如今，身邊有個優雅的男人，下雨的時候總會為我撐傘，他不覺得帶傘是女人的責任，他總有許多細心體貼的舉動，但我並沒有心動，我知道他是一個GAY，而我喜歡與他共撐一把傘，那種相依相伴的感覺。

皇冠的爭奪戰

——皇冠

剛念小學那一年，父母親就像那時代培養女兒的固定模式一般，將我送至舞蹈社去學跳舞。我沒想過自己到底愛不愛跳舞，但是去舞蹈社給了我相當的虛榮感，我還曾經把舞鞋帶到班上去誇耀了一番。跳完〈小放牛〉、〈鳳陽花鼓〉一陣子之後，晉級到了「芭蕾舞班」，換上硬鞋，將粉紅色的綢布帶子繫到小腿上，我常常看著老師玻璃櫃裡的皇冠出神，據說接下來要跳的芭蕾舞，將選出一個公主，戴上皇冠起舞。這麼多小女孩，只能選出一個，每個人卻都覺得自己是有希望的，包括我。我在家裡拚了命的練旋轉，練單腿站立，夜裡睡夢中見到自己戴上皇冠，整個人閃閃發光，煥發著從未有過的美麗。

遴選結果出來了，那個比我高比我漂亮的女生戴上了皇冠，我和其他的女生都哭了，我再也不肯去舞蹈社。多年之後才發現，也許我從來沒喜歡過舞蹈，我只是喜歡戴上皇冠時周遭羨慕的眼神；我只是喜歡戴上皇冠時光彩美麗的自己，我不是那麼喜歡自己，但，我喜歡皇冠。

哪個女人不喜歡皇冠呢？選美活動的最高潮，就是為第一名的佳麗加冕，戴上鑲滿珠寶的那頂皇冠，佳麗必然是要激動得痛哭流涕的，觀看的我們也就感到了心滿意足。如果沒有加冕，沒有皇冠，選美還有什麼意義？只是，戴上皇冠的這個「全世界最美的女人」接下來的生活將是如何呢？好像沒什麼人關心了。這一屆環球小姐第一名被主辦單位取消資格，雙方各說各話，主辦者說俄羅斯佳麗偷偷結婚又懷了孕，有損環球小姐的形象；俄羅斯小姐表示對她來說能夠好好的工作和生活才是最重要的事，是她自己拋棄皇冠的。

事實上每個選美獲勝的佳麗，儘管千挑萬選，歷經辛苦，卻要在一年之後將皇冠拱手讓人，甚至還得帶著微笑，不能顯出一點不甘願或捨不得的情緒。她們彷彿是被揀選出來，被皇冠拋棄的。這位俄羅斯小姐若真的認為現實的生活比虛華的名銜更重要，而選擇在被拋棄之前先拋棄，倒真是有令人佩服的見識。可惜，幾乎所有聽聞此事的人都願意相信主辦單位的說詞，大家都不相信戴上皇冠的女人會願意輕易的摘除它。

除了參加選美，女人還有什麼機會戴上皇冠呢？「嫁入豪門」就是另一座輝煌閃亮的皇冠了。從女明星到女主播，許多具有良好條件的女人，無不使出渾身解數，踩踏在這條爭奪的道路上。「削凱子」事件發生後，我們看見整個社會的媒體和輿論，將年輕的當事人逼入絕境，「愛慕虛榮」、「拜金女」、「處心積慮釣凱子」，種種罪狀一齊罩下來。卻忘記了我們這個社會的價值觀，一直以來都是以豔羨的眼光注視著那些嫁入豪門的主播或明星的啊，呼吸著這樣的空氣長大的女人，自然而然走上這樣的道路，不正是她「力爭上游」的表現嗎？不幸的只是她在皇冠的爭奪戰上摔了一跤。

當女人無法從自己的專業與能力中獲得驕傲和自尊，當這個社會仍以女人有個豪門歸宿為尊貴，便永遠會有漂亮的女生因搶走皇冠而微笑，搶不到皇冠的女生傷心的哭起來。

等待開啟，等待關閉

——鑰匙

那個美麗的女性舞蹈家，失去愛戀而又大病一場之後，推出了新舞碼《蘆葦地帶》，秋日蘆葦叢叢的舞臺上，女人面對著即將離開的男人，盡力挽留，搶下他的傘，奪下他的箱子，男人意志堅決，女人挽留不住，他們幾乎要碰撞在一起了。最後，男人放棄他的箱子，毅然決然的離開了，女人留下箱子與被痛苦摧折的自己。我明顯感受到，坐在身邊的朋友阿命，緊繃的環抱住自己的身體。她剛從廣州回來，瘦了一圈，成了個瓜子臉。中場休息的時候，阿命轉頭對我說：「留下箱子有什麼用？沒鑰匙還是打不開。」她的聲音裡有著我不熟悉的瘖啞。阿命的丈夫是臺商，為了照顧丈夫和前妻生的孩子，她只好留守臺灣，每個聽見這種情況的人，都提醒她要多留神，她總是老神在在。當年她和丈夫是經歷一段苦戀才得以結合的，她不相信這樣的感情也能變質。

阿命說在廣州的時候，她看見那個在丈夫身邊沉默寡言的女祕書，直覺告訴她，不對勁。可是，丈夫一直否認。直到那夜她和女祕書一起陪著丈夫應酬，丈夫喝醉無法駕車，女祕書送他們回家，在家門口女祕書從自己的皮包裡掏出鑰匙熟練的開了門。那一刻，阿命說她彷彿被人打了一個耳刮子，熱辣疼痛。丈夫再怎麼解釋也沒有用了，因為當初他們相戀的時候，他可是一年之後才將鑰匙交給阿命的，更要命的是阿命還記得他說的話：「我把鑰匙交給妳，也把我的身家性命交給妳了。」

我沒有交過鑰匙給別人，竟然忽略了，交出一把鑰匙原來是這麼慎重的事。但，我曾從別人手上取過一把鑰匙，那人搬了新家帶我去參觀，我們在還漫著油漆氣味的房子裡喝茶，那人告訴我想要獨處，或是想靜靜寫稿，都可以到這裡來。我只是微笑著沒有說話，離開的時候，他忽然拿出一把鑰匙給我，我遲疑著，久久的，不知道該不該接受，他索性將亮晶晶的鑰匙放在掌中，攤在我面前。那是一柄造形美麗的鑰匙，像是可以開啟古堡或宮殿的大門，我小心的像一隻鳥雀啄食米粒似的從他掌心取走鑰匙。

然後，我便在他上班的時候，用鑰匙開他的門，為他燉一鍋湯，或者送一束新鮮的玫瑰，再在他回家之前輕巧的離開，想像自己是住在水缸裡的蚌妻。他的門是必須用鑰匙鎖起來才能關閉的，所以，我一直無法像小說或電影裡的角色，將鑰匙留在餐桌上，瀟灑的宣告關係的終結。

我不是鑰匙兒的那一代，直到現在仍沒學會獨立，明明帶著鑰匙，回家時卻還是要按鈴，讓家人來開門。一個人到底會有幾把鑰匙呢？家裡大門鑰匙、房間鑰匙、車鑰匙、信箱鑰匙、保險箱鑰匙、辦公室鑰匙，我的許多朋友總有一大串鑰匙，有些甚至還替鄰居朋友保管著家裡的鑰匙。我真正用到的鑰匙只有兩把，學校研究室和我的家。但是我很清楚的知道，哪怕有鑰匙，也不一定開得了我的「門」。

看完舞蹈那夜和阿命聊得很晚才回家，母親已經入睡，我便自己用鑰匙開門，鑰匙插進鎖孔轉動的聲響中，我忽然想到，我們都在等待，別人給我們一把開啟新關係的鑰匙，然而，關閉其他情感的鑰匙，又該去哪裡尋找呢？

五花八門，袋內乾坤

——手提袋

我在掌聲中站起身來微笑致意，主辦人走過來與我握手，她的手從我的掌中脫出，順勢勾住我的手提包。然後，她扯下了我的提包，走到燈光聚集的舞臺中心，對著麥克風說話。她說，今晚我們覺得很榮幸，能夠聽見這麼精采的講座，我相信大家和我一樣，對於主講人張小姐一定很好奇，她到底是個什麼樣的女人呢？在這舞臺之下、燈光之外的她，真實的面貌是怎麼樣的呢？她說著，我的臉頰開始發痠，當我有這種肌肉僵硬的感覺時，通常不會是件好事。我試圖伸出手取回我的提袋，但我辦不到，只是聽著臺下隱隱的，充滿期待的騷動。

她，還有他們，到底想要幹什麼呢？

主辦人精力充沛的揚起聲音，讓我們看看她的皮包裡到底裝了些什麼吧？

我的手提袋被打開來，在我還來不及阻止的時候，首先掉出來的當然是我的口紅，滴鈴咚嚨，只是我沒料到會有那麼多支，有些甚至是已經申報失蹤了的。再來是面紙，用了一半的面紙包裡還盛著一枚硬幣，錢幣已經鏽蝕了，很難辨認是哪一國的錢。可是，不管怎麼說，面紙包都沒有裝零錢的功能啊。接著是筆記本，封皮已經損毀了，藕斷絲連的與內頁牽扯不清，我很想解釋，因為這個筆記本已經用過好多年了，而且一直捨不得丟……然而，各種尺寸的衛生棉伴隨著一大把不知積存了多久的統一發票，全體飄落而下的場面，使得驚詫聲四起，我的僵硬從臉部蔓延到全身。

這就是一個看似優雅的女作家最真實的樣貌；這是我擁有過的極驚悚的一場噩夢。

我的朋友瑞瑞聽了我的夢，笑到不行。她當下慷慨的拉開皮包和我分享，我探頭看了看，很在行的樣子：「嗯，貨真價實LV最新款。」我懂得瑞瑞的皮包哲學，她從不買贗品，她說如果買不起真的就不買，是真是假內行人看一眼就知道，就算別人不知道是假的，難道自己也不知道嗎？「簡直就是自欺欺人。」瑞瑞的結論比保護智慧財產權更能說服我。但是，這一次瑞瑞要秀的不是這個，她指示我看得更清楚些：薄薄的一小片一小片，保險套，親愛的，這是保險套。每當她在炫耀她的性生活的時候，就會加上「親愛的」三個字，我實在無法分析這三個字的意涵，但我確實看見各種品牌的保險套。瑞瑞說，真正的女人的提袋裡不會缺少保險套，但她有時候也會疑慮，萬一有一天她遭遇不測，母親替她收拾遺物，看見這些保險套，會不會傷了保守的母親的心？

其實，女人很少有機會將背包或提袋翻給別人看的，除非是經過商店門口，偵測器忽然尖聲怪叫起來。哪怕是自己最愛的人，女人情願讓他看胸罩和內褲，也不肯給他看自己的提袋，為什麼不給看？因為多半是不好看的，甚至很難看，不但嚇到別人，有時還會嚇到自己。有一回，我從提袋中搜出一紙小卡片，是前任情人纏綿悱惻的甜蜜誓約，我們分手已經兩年多，我還是嚇出了一身冷汗。

有行李託運嗎？

——行李箱

「有行李要託運嗎？」每次站在機場櫃檯check in，聽見這樣的問話，我總是驀地感到快樂起來，有的有的，一定要有行李託運，才是一場真正的旅行。

張艾嘉當年唱過一首歌，叫做〈箱子〉：「箱子的大小是旅程的長短，箱子的多少是路途的遠近。每一次開箱，將歲月留在不同的地方，每一次關箱，體驗了許多不同的成長。」記得那時她說奔波忙碌的在不同的國度旅行，有時半夜醒來，忽然弄不清自己在哪裡。我從沒有經歷過她那樣的奔忙，卻曾在某個機場的行李轉盤前發獃，怎麼也想不起，到底哪一個才是我的箱子？有些人從不買箱子，需要用的時候就向別人借，我把箱子當成消耗品，既然是用來消耗的，當然應該用自己的。除非情況特殊，否則我也不把箱子借人。

這應該與我十幾年前的創傷有關，那時候流行行李袋，可以伸縮的，去大陸旅行探親，都用這種行李袋，出發前裝得鼓騰騰的一大袋，離開時只剩下一個圓圓的小行李。那年我們的行李袋裡放滿了許多絲綢以及字畫，在搭飛機與火車的過程中飽受折騰，凌晨時分，抵達雨中洛陽，卻發現行李袋沒跟我們一起到，直到中午時分，我與父親撐著傘冒雨到火車站行李房，看見行李袋的時候，幾乎哭出來。家鄉親人送的一桶奶粉壓扁了，鐵罐破裂開來，奶粉全散出來，鐵罐尖銳的邊緣割開軟軟的行李袋，雨水灌進去，將袋裡的東西全糊了稀泥。我怔怔的看著，好久回不了神，就像是看著一個開膛破肚的戰士。

從那以後，我便覺得箱子是一個戰士，它們注定在轉運的過程中要受傷，要犧牲的。在我的人生旅程中，當然應該有我自己的戰士。在那以後，我徹底放棄用行李袋，而用箱子。箱子其實很耐用，只是輪子通常不夠結實，失去輪子的箱子，就像失去武器的戰士。我曾和一個男人去拉斯維加斯旅行，一路上原本尚稱和美，直到我箱子上的輪子忽然消失，而我們正好投宿在擁有五千個房間的旅館中，男人將自己的箱子交給我，堅持替我拖箱子。我們花費近一個小時才找到房間，看見他的臉色，我就明白，這是太嚴酷的考驗。我後來在舊金山換了一個新箱子，扔下舊箱子的時候，那麼難過，可能因為要告別的不僅只是一個箱子而已。

我的生活一向缺乏歸納的邏輯性，唯有整理箱子的時候，異常的井井有條，摺疊的、捲起的，各得其所。箱子最令我快樂的是，買了那麼多東西，竟然全都能裝進去，闔起來的箱子有一種包容的美德。箱子最令我苦惱的是，整理了許多天，帶回來的東西還沒整理完，攤開來的箱子看起來多麼無助。箱子給我們最浪漫的想像，就是對著喜歡的那個即將遠行的人說：「把我裝進箱子裡，一起帶走吧。」然而，會被裝在箱子裡的，通常是屍體。

那年去香港工作，我總共只帶了一個中型箱子，前來接機的同事很詫異，想不到可以這麼輕便。「我們真正需要的東西，其實並不多。」我是這麼說的。等到一年後我要離開時，六、七個箱子都裝不完，不得不面對事實真相——我們難以割捨的欲望，原來真不少。

懷抱裡的溫暖

——熱水瓶

學生到我的研究室裡聊天，她們帶了罐裝咖啡來和我分享，我謝絕了她們的好意，告訴她們自己並不能喝咖啡。「那妳都喝什麼呢？」學生看起來很苦惱的樣子。我說我自己準備了飲料，於是，扭開我的紅色透明小熱水瓶，倒出一杯金黃色的菊花茶。學生覺得很好奇的湊過來看，既對我喝的茶好奇，也對我用的熱水瓶好奇。她們稱讚這個小小的熱水瓶很好看，問我是不是在西班牙買的？我從西班牙買了兩件衣裳、一雙鞋和一個軟糖顏色的提袋，都很受女生注意，於是，她們認為漂亮的東西都是從西班牙帶回來的。這個熱水瓶其實是在生活工場買的，便宜又好用，就是容量小了點，與其說是一個熱水瓶，還不如說是一個保溫杯。

念中學的時候，我也曾經羨慕又好奇的看著一位女老師，她隨身攜帶一隻小小的熱水瓶，瓶身上面還套著一個碎花布套，應該是自製的，像穿著一件棉襖。女老師的臉色總是不好看，身上常常飄著一股奇異的、似有若無的味道，我們看見過她在午餐之前，打開熱水瓶傾倒出濃濃的、黑黑的一杯熱飲，面無表情的喝下去。我一直很想知道她喝的獨門特製飲料到底是什麼？好不好喝？並且想像著將來長大之後，我也要成為一個女老師，擁有一個自己的熱水瓶。後來，女老師在課堂上忽然昏倒，緊急送醫，代課老師告訴我們，女老師的身體不好，結婚好幾年都沒有懷孕，一直不斷的吃中藥，幫助自己受孕。可能是對最近吃的中藥不適應，所以突然休克昏倒了。我們於是恍然大悟，女老師喝的是中藥，她的身上飄著的是藥材的氣味。

如今，成為老師的我，也有一隻小熱水瓶，而我慶幸自己不需要時時喝藥汁，我有時候喝紅棗枸杞茶，有時候喝冰糖菊花，有時候，特別想念小時候的水壺，裡面裝著酸梅汁。

那時候沒這麼多販售飲料，小孩子上學都要背自己的水壺，出門去玩也要背水壺。我很羨慕同學把紅色的酸梅泡在水裡，成為酸酸甜甜的酸梅水，不一定止渴卻肯定可以生津。長大之後出門旅行，住在旅館裡，我也要先找到熱水瓶，才會覺得安心。

有一次的畢業旅行，我們住在類似青年活動中心的旅舍裡，大家吃了過量零食，到半夜都渴了。我的朋友阿命說要去找水喝，她出門半晌都沒回來，我開始擔心，也後悔沒陪她去，好歹可以做個伴。我終於套上鞋，準備出門去蒐尋，打開房門，便看見走廊的另一頭，阿命將一隻銀色的熱水瓶抱在懷裡，微笑著，緩緩走來，她穿著一件連身的長袖淺色睡衣，裙襬款款搖動，原本紮著辮子的長髮披散下來，波浪的彎曲覆住雙頰，廊上的日光燈照著她細瘦的身影，很像是從另一個時空走來的神仙。那是我的記憶裡她最美麗的一次。「抱著熱水瓶的時候最美？」她聽我說完，一臉快要昏倒的表情：「一定是妳渴斃了，產生幻覺。」

我想，也並不是抱著熱水瓶的那種姿態很美，而是在需要水的時候，在需要溫暖的時候，恰好尋找到了一個熱水瓶，那種心安的、愉悅的表情，漾在臉上成了光華。就像我不管在哪裡住下，晚上臨睡前，總要檢查一下熱水瓶，確定裡面盛著水，如果我從夢中醒來，天還沒有亮，我可以為自己倒一杯熱水，懷抱著溫暖，便有勇氣等待天明。

討好的賞味

果醬

我的朋友瑞瑞到香港去出差，有將近一個月的時間會停留在無敵海景的高樓層豪華公寓裡，她知道我愛港成癖，便邀我去度幾天假，順便給她做個伴。我們從中環的蘇活區異國餐廳逛到置地廣場，從山頂的凌霄閣來到尖東商場，不放棄任何一個 ON SALE 的櫥窗，每天晚上脫下高跟鞋都有了殘障的幻覺。可是，我仍覺意猶未盡，最後一天，我終於說出自己真正的想望，我說我要回到當初住過的新界火炭駿景園去看一看。瑞瑞睨著我：「妳還忘不了三座游泳池的豪宅？我這裡的游泳池也不差呀。」我說難忘的不是游泳池，而是那裡的百佳超市，其實也不是超市，而是超市裡面琳瑯滿目的果醬。我好想念那些果醬。

想到五年前，我悶著頭在人生地不熟的香港闖蕩，碰到的挫折和恐懼還真不少，每天早晨醒來就渾身緊繃，夜晚遲遲不能入眠，直到我搬進駿景園的大廈裡，找到了那家超市。超市的規模很大，貨品充足，我從一大排各式各樣的乳酪面前經過，再瀏覽了排列整齊的葡萄酒和啤酒，然後，我在滿架子色彩繽紛的果醬前面停下，驚喜的歎息。這麼多種果實，來自世界各地的美味與甜香。我買了幾罐小瓶的回家，在夕陽照射進來的窗臺前，將它們排好，鮮桔、葡萄、草莓和藍莓，像彩色的音符似的，我反覆吟唱著它們，天黑以後才依依不捨的藏進冰箱。

當我一個人獨居在香港的日子裡，我喜歡在厚片吐司上抹一層果醬，再配上一杯熱過的鮮奶，品嘗著一個人的早餐，在這樣的撫慰下，身心漸漸安定下來了。我一直覺得是果醬討好了我，使我甘願在一座陌生的城裡，變得溫馴了。

果醬是很國際化的食品，很多時候我去國外旅行，努力克服時差，睡眠品質不好，心情難免低落。在早餐的自助餐檯上，我最愛的就是烤兩片酥酥的吐司，一片抹上草莓果醬，一片抹上奶油，夾起來吃。奶油的香味和微鹹，果醬熟透的果香和甜蜜，糅合成特殊的賞味。這時候，不管外頭是洛磯山的雪，或是南洋的炙熱太陽，我都有了沉浸在幸福中的光暈。

果醬也是很懷舊的氣味，我到現在仍記得，夏日裡母親熬煮果醬的熟甜氣味。冰箱慢慢普及的一九六〇至七〇年代，臺灣還看不見太多草莓的時代，母親在夏天來臨的時候，買回許多紅黑色的李子，一看見李子就滿腮口水，頭髮倒豎的我，圍繞著母親，看她將酸李子先用水煮過，整鍋水變成好漂亮的紅色汁液，放進一些砂糖，擱進冰箱，就成了消暑的李子汁。接下來再用砂糖慢慢熬煮李子，變成一缸酸酸甜甜的果醬。我們將李子果醬抹在雪白的饅頭上，用力咬一口，嘴唇都教果醬染紅了。

熬果醬需要很長的時間，果實的形狀消失了，酸澀味也消失了，只保留下香氣，添加了更多討人喜歡的甜味，當水果的季節走過，果醬仍可以完好的密封保存。當我想要討好人的時候，就會想到自己彷彿正經歷著熬製果醬的過程，被我討好的人到底喜不喜歡呢？有一次我很誠摯熱情的推薦一位朋友試試果醬土司，他卻碰也不碰，被我纏不過便蹙起眉說：「不知道有多少防腐劑和色素呢？吃不得。」那一刻，我忽然穎悟，即便是討好的賞味，卻不是人人都喜歡的呢。

防腐的手指

——罐頭

我攀在櫃子上，探手取出一隻玉米醬罐頭，給母親煮湯。開啟罐頭之前，我忽然想到該看看使用期限，不出意料之外，果然已經過期了。剛好過期三個多月，「三個月而已……」一向勤儉持家的母親眼中有說服的意思：「妳看呢？」我穿上外套，以行動說明一切，出門買一罐新的就是了。母親在廚房裡叨念著，這麼容易就過期了，以前就沒這麼麻煩。是的，以前從沒聽說有過期的罐頭，最多就是鼓脹成一個圓球的罐頭，「空氣跑進去，不能吃囉。」大人這麼說，做孩子的我們依依不捨的看著罐頭被丟進垃圾桶。

我愛罐頭，雖然一直被警告著，罐頭食品含有防腐劑，有礙身體健康。我喜歡鳳梨罐頭；水蜜桃罐頭；紅燒鰻魚罐頭；肉醬罐頭……一切罐頭食品，主要原因是家裡很少有機會吃罐頭的緣故。儘管家庭環境並不寬裕，父母親仍有所堅持，他們相信自己做的飯菜必然比較乾淨，比較新鮮。只有在煮玉米湯的時候，罐頭是不可缺乏之的。我總是搶著開罐頭，嗅聞鐵罐開啟的一瞬間，噴發在空氣裡的香味，只有那兩秒鐘，氣味最濃郁、最純粹。有時候禁不住香氣的誘惑，我會將食指沾些湯汁，送進嘴裡嘗嘗。

出外郊遊野餐，我一定會帶一罐「海底雞」；一罐辣味肉醬，夾吐司麵包吃。有一陣子我簡直迷上廣達香辣味肉醬的滋味，便不斷慫恿著家人朋友去野餐，尤其知道孔子也愛吃肉醬，便叫它做「聖人的美食」，吃得洋洋得意，直到後來忽然知道孔子最鍾愛的學生子路，被敵人殺死之後，剁成肉泥，做成肉醬，孔子從此不再吃肉醬的典故。老師努力教導我們的是子路臨敵不屈，堅持要將鬆掉的帽纓繫好，才從容就義，我卻不斷想起我的肉醬罐頭，這下變成「聖人的愛徒」了。沒人知道我忽然完全棄絕肉醬，竟是因為孔子的緣故。

父母親雖然不是「老伴，明天吃素。」的奉行者，卻是愈吃愈素。他們買了一些罐裝醬瓜和花生麵筋，配稀飯吃。夏季裡天氣好熱，我把稀飯晾涼了，將醬瓜罐頭裡的醬汁澆在軟糯的白米上，和著吃，真是說不盡的清涼美味。夏天的午後，母親將冰鎮的水蜜桃罐頭或鳳梨罐頭打開，分給我們一人一片的香甜冰涼，也是童年回憶裡的慶典般的盛事。

有一次我和一個朋友在臨海的木屋裡共度週末，我們去鎮上買了一些麵包、牛奶和罐頭，吃了幾隻罐頭之後，朋友對我說起他和罐頭之間的恩怨情仇。他說吃罐頭食物總是令他憂傷，小時候一放學他就迫不及待往家裡跑，想著如果母親正要離家出走，他或許可以攔阻，然而，多半是攔不住的。母親離家的日子，父親就會買回一堆罐頭，給他們兄弟姊妹度日，他恨罐頭的味道，不管什麼食物，裝進鐵罐之後，就全都是鐵鏽的味道。

那天晚上，我向附近人家買了三粒蛋，在簡單的小廚房裡，用肉醬罐頭做了一個香酥可口的烘蛋，當做晚餐。朋友吃得很開心，並不知道自己吃的是罐頭。我也幾乎忘記了孔子和子路的故事，與高采烈的告訴朋友我多愛吃罐頭，我說將來我死了手指一定不會腐爛，因為預先做好防腐了。朋友說，不能死啊，這麼好吃的烘蛋。我很想告訴他，只要一隻肉醬罐頭，誰都能做的，但我沒有說，像儲存一個祕密似的沉默了。

貯存在冰天雪地
——冰箱

過年之前，母親抱怨著天氣愈來愈怪，東西愈來愈容易壞了。她打開冰箱，翻出蔬果室爛掉的大白菜，流出汁液的小黃瓜，接著，又從冷藏室取出長了白毛發霉的肉醬，還讓我嗅聞前一天才燒好的菜餚，已經開始有怪味。我怔怔地看着，說不出一句話。放在冰箱裡的食物，正以不可思議的速度腐壞著，那麼，沒有冷藏的人間又當如何？這天氣啊，真是愈來愈怪了！母親苦惱地，對著手足無措的我重複的說著。

我因此也陷在一種不安的惶恐中，見到朋友就說：「你有沒有覺得天氣愈來愈怪了？」朋友多半都同意這種說法。回憶起小時候的天氣與人情與社會環境，這話題略過腐敗的食物，晉升到了環保。我的關於食物腐敗的困擾到底沒有得到紓解，直到幾天後，母親慎重其事的對我說：「原來，我們的冰箱壞掉了，怪不得什麼都腐壞了。」

原來，原來只是冰箱壞掉了，與世界的毀滅並沒有什麼徵兆和因果關係，我長長地吁了一口氣，和母親到電器行挑選一臺新冰箱。

這是我們家裡的第四臺冰箱，我和母親挑了瘦瘦高高的款式，有迅速製冰和多種微電腦功能。侄兒侄女來我家，過一會兒就拉開冰塊盒，檢查那些剛剛製造完成落下來的冰塊，甚至搬個小椅子貼著冰箱的外殼坐著，靜靜聆聽冰塊掉落而下的聲音，臉上有著神祕喜悅的表情。這臺新冰箱將冷凍室與冷藏室的位置調換了，和我一樣愛吃森永牛奶糖冰淇淋的六歲小侄女，可以直接拉開冷凍室的門，翻揀著她愛吃的冰淇淋。

看著她小小的背影，我忽然想起自己在這個年齡也愛開冰箱。尤其是在夏天溽暑的天氣，放學之後走回家，那時冷氣還沒有普遍使用，電風扇的威力也不夠，我便一口氣跑到比我高一些的冰箱前面，打開門，讓寒冷的空氣撲面而至，渾身毛細孔都張開，貪婪的吮吸著。有時候我大口喝著冰透的開水，太陽穴跳動著，隱隱作疼；有時候從總是結霜的冷凍室，取出母親自製的紅豆冰或花生冰，慢慢享用。「我家有冰箱喔。」是我小小的虛榮。

冰箱裡除了食物與飲料之外，還有一小部分，是母親專用的禁區。她是一個合格的護士，常常替村子裡身體孱弱的女人或是老人注射，有些注射液就擱在我家的冰箱裡。時候到了，母親就拿着消毒好的針筒和注射液出門，服務鄉里去了。那臺聲寶牌電冰箱一直都沒用壞，倒是因為容量太小而被淘汰了。換冰箱那天我們都有些難過，彷彿是移情別戀似的。

在異地租屋居住，當我打開空空的冰箱，將購物袋裡的東西分門別類擺進去，才會覺得這真的是我的地方了。那一次我返回臺北，託囑異鄉的情人照顧窗前那株綠葉，並且和他約好在我的屋子裡打電話給我。他澆完水，拿起掃帚掃地，打電話給我。我請他打開冰箱，冰箱裡有一瓶他最愛的啤酒，還有一封卡片，上面寫著我對他的思念與感謝。他就這樣坐在漸漸暗下去的天光裡，一邊啜飲啤酒，一邊逐字逐句閱讀著我。

我寫著：「冰箱真是人類偉大的發明，可以保存食物的新鮮，那麼，人類能不能發明讓愛戀永保新鮮和美味的方法呢？」

這問題沒人可以回答，我倒是得到了答案。冰箱將東西貯存在冰天雪地裡，所以持久；在愛情與人類的所有關係中，我們要求熱度、要求貼近，所以，總是這麼容易的就腐敗了。日復一日，我也學會不傷心，那承諾過我一生一世，卻半途而廢了的，就當它是壞掉的冰箱。

熬煮，使之柔軟

——鍋子

我將紅色的胡蘿蔔和米色的馬鈴薯切成小塊，投進熬成乳白色的牛骨湯汁中，接下來是梨山高麗菜，撕成一小片一小片的，鋪進小小沸騰的泡沫裡，撒上洋蔥之後，蓋上鍋蓋，安心的燉煮我的羅宋湯。番茄，當然，那是絕對不能遺忘的，它使湯和蔬菜的甜味更鮮美。我自認為不是一個擅於烹調的女人，但，當我開始為自己熬煮一鍋湯，讓所有的食材變得柔軟的時刻，就表示我確實要在這個地方過日子了。

如果我要在一座城市裡待到半個月以上，就必須要租賃有廚房的屋子，清掃過廚房之後，我肯定會買一個平底鍋煎蛋炒菜；買一只深一點的鍋子煮湯，環顧廚房便覺得，一切都安頓下來了。鍋子，與我們的情感總有點難以言喻的，深深淺淺的牽連。我的朋友瑞瑞是不下廚的，她常在熱戀的時刻對男人說：「你別指望我下廚啊，我連蛋都煎不熟。」說的其實是謊言。

她曾到異鄉來探望我，並且為客居之中罹患思鄉病的我煮了一桌好菜好湯，用的就是那兩只鍋子。我相信做菜肯定需要天分，我相信瑞瑞有這樣的天分。她一邊在爐前揮汗如雨，一邊挑剔我的鍋子不夠專業，其實，她從沒買過一只鍋子，因為她的母親買了太多鍋子。瑞瑞的父親一生拈花惹草，外遇不斷，老一輩的人總對瑞瑞的母親說，要抓住男人的心，得先抓住他的胃。那終年為背叛所苦的女人花了許多時間鑽研廚藝，甚至還去社區教授烹飪課，卻始終抓不回丈夫的心。她的廚房裡有各式各樣的鍋子，高的、矮的、大的、小的、鋁的、磁的、玻璃的，陣容相當整齊，有些甚至連用都沒用過，只是買回來，等著丈夫倦鳥知返的那一天。

瑞瑞在母親過世之後，把鍋子全數送人了，她說那些鍋子裡裝的彷彿都是母親的眼淚，看著讓人多難受。也從那時候起，瑞瑞終於減肥成功，她再也不必在母親整治一桌好菜之後，賣力的吃光光，不但吃自己那一分，還得吃父親那一分。她學到的是，再也不把鍋子和愛情牽扯在一起。

很多時候，我們的社會仍是那樣溫情的炮製著——鍋子等於幸福。就像多年前秦漢與林青霞兩情相悅時拍的鍋子廣告，微笑烹煮的女主角，舀起一杓湯，吹了吹，送進男主角的嘴裡，嗯，真香，男主角讚歎著，他們從此就過著幸福快樂的日子了。事實上林青霞與秦漢各自過著幸福快樂的日子，尷尬的是，許多大型賣場仍張貼著那張鍋子廣告，每次看到，我都有種怵目驚心之感，比起鍋子的堅固耐用，男歡女愛實在太短暫也太脆弱了。

我家裡最資深的鍋子是年齡已達三十多歲的第一代快鍋，像顆砲彈一樣不能摧毀，利用強大的壓力燜煮食物，蓋子上的小氣栓會發出尖銳的鳴聲，看起來總有點危險。後來讀到黃春明〈小琪的那頂帽子〉，快鍋推銷員在鄉鎮間示範推銷，快鍋竟然發生爆炸，鐵片飛爆嵌進推銷員的頸脖，我立即為自己童年時便已具備的警覺性感到自豪。但，我的警覺性仍不夠敏銳，總不能省察到愛情的消褪與靈魂的堅硬。或者，我也難以擺脫某些女性的執迷，誤以為世界是一只鍋，只要耐心的熬煮，就能變得柔軟，變得美味。

舌上的演奏

——蝦

用指尖輕輕剝落透明的殼，粉紅色的蝦身因為彈性而被光澤充滿，我將甜蝦置於白色的磁盤中臥著，稍稍等待，就在牠彷彿下一秒即將甦醒之際，用筷子挾送到口中。咀嚼著柔軟的，飽含甜度的蝦肉，這是我的海鮮之宴裡喜愛的賞味。

原本，我以為自己是不喜歡蝦的，因為牠長得實在很像蟲。小時候菜市場裡海鮮攤上新鮮的蝦類也不多，倒是有許多不夠新鮮便剝去殼當成蝦仁來賣的。我對蝦仁一向興趣缺缺，餐館裡料理蝦仁總是泡過太多硼砂，蝦身鼓脹得像跳跳球，吃在嘴裡像塑膠，感覺好假。「蝦就是假」，童年的我於是做出這樣的判斷。

少年時寄宿在親戚家裡，餐桌上常見的海鮮就是煎白帶魚和蝦仁炒豌豆，剛做好的菜都算可口，然而，第二天成為便當菜，在大蒸鍋裡蒸爛之後，掀開蓋子，一股腥餿味濃烈的撲鼻而來，我皺著眉闔上便當。知道便當裡有蝦仁炒豌豆那天，我常常連便當都不開，整天陷溺在自己的輕憂鬱之中。一直到許多年後，我堅持不吃蝦仁炒豌豆，甚至不吃清炒蝦仁。

要我吃生蝦，簡直是天方夜譚，但是，我確實被一個男性友人所改變。那是我很信任的一位朋友，交往多年關係都不建立在「男女」之間，自然融合於「飲食」之中，總之就是吃。每次見面我們都找好吃的餐館品賞一番，我是跟著他才吃過第一餐鐵板燒的，當然心悅誠服。只是，他對於我不能吃生魚片相當介懷，總認為那是生命裡一次重大損失。幾經勸說之後，為了表示對於朋友的信任與肯定，我拚著命吞下一塊生魚。從此進入茹毛飲血的感官之路，拚了命也無法回頭了。

後來，我又遇見一個愛吃的男人，我們的關係既是「飲食」也很「男女」，他取悅我的方式中，最教我難忘的就是美食。他不贊成我吃得太油膩或者太辛辣，便挑選著城裡最好的日本料理店，吃得清爽也精緻。我們在一盆如水晶般冰鎮的生魚片中，看見一隻彎身如酣眠的蝦子。他把僅剩的半截蝦殼剝去，放在我的盤子裡，說這是甜蝦，得看季節才有的。我吃了，滿足的瞇起眼睛。從那以後，我們每次吃生魚片，他都會特意留下甜蝦給我。直到後來某一天，他一筷子挾走了甜蝦，我知道必然是有什麼東西已經結束了。

挑戰龍蝦的經歷並不浪漫，而是我的驍勇性格的展現了。弟弟住在美國華府一帶的時候，我們有時會去魚市場買回生猛海鮮，活龍蝦就是令人垂涎的一種，可惜沒人願意宰殺和料理。廚藝並不精良的我，為了口腹之欲承擔下來，從放尿到斬頭到料理，一盤香噴噴的蔥薑燒龍蝦上了桌，連家人都對我的無師自通很詫異。但我想，愛我的人如果看見我屠殺龍蝦的形狀，肯定要做惡夢的。我也發現到，自己對於確定的欲念，原來可以全力以赴到這種地步。

吃生龍蝦就是一種更晉級的嘗試了，削去頭之後冰鎮的龍蝦肉緊實甜脆，肌理仍卜卜跳動，咀嚼之間多麼像蠻橫的舌吻。離開日本料理的情人之後，我嘗試泰式生蝦，剝殼剖開的草蝦，浸在檸檬酸、魚露與蒜末和辣椒中，連同醬汁一起入口，多層次的味道漫溢開來，像是舌上的四重奏。
蝦，不再是假，活跳跳的，多滋味的，感官人生。

輯三：

物是

憂鬱，裊裊飛起

——菸

我和多年前相戀然後又分手的男人約在一家咖啡店碰面，栽滿綠色植物，充滿普羅旺斯情調的店家，在一條蜿蜒曲折的巷弄裡，為了怕我迷路，男人體貼的走到巷口來等。我到早了，遠遠的便見到黃昏裡倚著牆正在抽菸的那男人，看見我，他迅速的扔下菸，踩熄，迎上前來，對我微笑招呼。

那一刻，我恍然以為一切都回到了往昔，他總是心慌意亂的熄菸，因為他每次都告訴我，他要為我戒菸，並且，他已經戒掉菸了。我對菸味相當敏感，絕大多數的時候，他與我見面總能清除掉身上所有的菸味，清新得像一株新生的蘆薈。他的衣裳與頭髮，手指和皮膚，完全嗅不到菸味，我幾乎就要相信，他確實成功戒菸了。為了我，為了他自己的健康，他真的做到了。可是，臨別之際，他靠近來親吻的時候，我在他的鼻管裡，嗅到了菸草的氣味。我於是氣惱了，惱得與他鬧彆扭，好幾天不理他，不肯接他的電話，等到我的氣消了，他便宣布，在我狠心不見他的時候，他難忍痛苦的情緒，於是，又開始抽菸了。

像是一種弔詭的循環，戒菸、抽菸、戒菸、抽菸，最終，他還是戒不了。但，我發現自己再不能那樣嚴苛的看待他和他的菸了。我想像著那時候，他為了讓我相信他確實戒菸成功，其實花費了許多的努力。他必須計算著與我見面的時間，在那之前就先杜絕抽菸的念頭；他必須努力的刷洗自己身體的每個部位，去除殘餘的菸味。他確實付出過，確實努力過，這是不應該被抹滅的。許多女人可能都和我一樣，用了太多氣力去對抗男人抽菸的「壞習慣」，耗損的心力比防堵外遇更巨大。

「一個男人如果太容易戒菸，必然是無情的。」我的朋友瑞瑞對於男人與菸有如此精闢的見解。她以為男人對於香菸的感情是很特殊的，他們把菸當成一種寄託、一種抒發的管道，苦悶的時候、憂鬱的時候，煙霧吞吐之間，達到一種昇華。

她記得年少時節，在補習班遇見一個男孩子，兩個人很談得來，常常約著爬上宿舍頂樓的水塔，在月光下聊天。男孩不敢在女朋友面前抽菸，卻總是在瑞瑞身邊抽菸，瑞瑞向他討菸抽，兩個人彷彿分享著某種祕密，也就滋生了某種曖昧的幽微情愫。後來呢？瑞瑞顧左右而言他：「後來我看見自己抽菸的樣子，嚇壞了，就戒掉了。」據瑞瑞說，很多臺灣女人的抽菸姿態都太男性化，瞇起眼，挑起眉，凹陷臉頰的形象，翻版自我們的父親或兄弟，並不優雅嫵媚。這倒是真的，我去西班牙旅行，一路上男女老幼，人手一支菸，薰得我鼻涕眼淚一起來，可是，那裡的女人抽菸的姿態確實很美，裊娜撩人。或許因為在那裡，女人抽菸的歷史夠長夠久了。

許多男人儘管自己抽菸，卻不許女人抽菸，表面的理由是對身體不好，真正的理由是女人抽菸不好看。我認識許多女人都不在別人面前抽菸，她們被性別所禁制了。在西班牙的洗衣店裡，我看見這樣的告示牌：「**可以任意吸菸，這裡不是美國。**」我很想送給只敢躲起來抽菸的我的女性朋友，這樣的告示牌：「可以任意吸菸，雖然妳是女人。」

懸思，懸絲娃娃

——人偶

三毛的那本圖文書《我的寶貝》全是她的心愛蒐藏品，其中令我印象最深刻的是一個磁臉娃娃，穿著小丑的衣裳，半個身子在鳥籠中，半個身子已爬出鳥籠，看起來彷彿可以脫逃成功，卻又像是永遠不會成功。三毛將這個小丑娃娃看成自己，在現實生活裡遇到擠迫的自己：「姿勢是掙扎的，一半在籠內，一半在籠外。關進了小丑，心裡說不出有多麼暢快——叫它替我去受罪。」但是，三毛也說，看見的人都駭怕，總叫她快快放了小丑出來。

那娃娃所以讓人心裡發麻，是因為磁臉雕琢得精緻逼真。我看過讓我孩提時發噩夢的娃娃，是傀儡戲裡的懸絲人偶，和小孩子差不多的身高，木雕的五官，各不相似的偶臉，被戲偶人提著，操弄著，演出悲歡離合的故事。小時候廟會有這樣的演出，我看過老師傅從箱子裡莊重的取出傀儡，一個個並排放好，接著虔誠的焚香禱祝。我總覺得那是一個召靈儀式，禱祝之後的傀儡，舉手投足千姿百態，簡直就活過來了。

放學時，幾個膽子大的男生，夥著膽小的女生跑去後臺窺探傀儡戲的祕密，他們全尖叫著跑出來，膽小的女生甚至病了幾天沒來上學。愛吹噓的男生也不像平日裡的神氣，異口同聲的只是說「有鬼有鬼」。我卻覺得老師傅的手好靈巧，傀儡伸手、抬腿、飲酒都那麼逼真，最神奇的是偶臉竟然還能有表情，老師傅蹙眉的時候，傀儡看起來那麼憂愁；老師傅微笑的時候，傀儡便顯得喜不自勝。我曾經看過不演出的時候，老師傅將傀儡拿出來整理，被操弄的傀儡似乎是展現出渾身解數，來博取主人的歡心，一旦被撂下，又顯得那樣的落寞。我在夢裡見到滿屋子的懸絲傀儡沒人操弄也能翩翩起舞，並且愈來愈大，朝我逼近而來，我從夢裡驚醒，再不敢看傀儡戲。

我的朋友阿命自從發現丈夫在大陸疑似外遇之後，日子過得很不好，她想過要離婚；要離家出走；要坐鎮丈夫身邊，每天都有不同的想法，從她始終不斷絕的電話裡，我聽得出她那被懸吊起來的情緒。丈夫的每一句話，都牽動著她，使她忽而樂觀忽而悲慘。有時候她告訴我她相信丈夫是愛她的，有時候她告訴我她從來沒相信過男人與愛情。我勸她把心裡的想法和丈夫說清楚，也聽聽他怎麼說，勝過自己一個人胡思亂想。她說她不能和丈夫談，現在的狀況不確定，就有各種可能，談了之後一翻兩瞪眼，不能預料的結果她不想承擔。「妳的情緒這樣被操縱，不覺得很辛苦嗎？」我問她。她愣了一下，抹掉眼淚：「妳從來都不被什麼事操縱嗎？我不在乎有多辛苦，只要他還是愛我的，都值得。」我驀然明白了，看見懸絲娃娃的時候，人們總覺得它們被人控制很可憐，其實，人只要活著，都期望能被什麼所操弄。男人的期望也許各不相同，女人的懸絲與懸思，卻多半是愛情。

三毛故去之後，我有機會去她美麗的屋子裡，看見那個鳥籠和小丑，籠門依舊是開的，小丑依舊半個身子在外頭，她最終沒放小丑出來，倒是釋放了自己，獲得永恆的自由。

千絲萬線看不見

——手機

嗶嗶，嗶嗶。

我的手機在皮包裡溫柔的鳴叫，只有兩聲，便寂靜下來。我正享用著面前可口的晚餐，坐在對面的我的朋友阿命抬起頭：「有簡訊啊？」她撇了撇嘴角：「真幸福，有人傳簡訊給妳。」這一說反而令我不好意思掏出手機看簡訊了。阿命說她和先生戀愛的時候也有收不完的簡訊，她說她一直不會用電腦打字，為了回覆簡訊才學會的。然後，他們結婚了，然後先生去了大陸，然後有了外遇，現在不但不傳簡訊，連手機都不打了。她向我坦承，自己的手機並沒有搞丟，也不是沒電了，只是懶得帶在身上，反正沒人會打來，帶著多麻煩。我聽著她淡然的說著，始終沒有把手機拿出來。

我不喜歡手機。不喜歡隨時被人找到。但我卻是很喜歡電話的，小時候家裡剛安裝電話，我總是藉故逗留在離電話最近的地方，每當電話響起便飛奔著去接，心臟卜卜的跳著，興奮又緊張。好些年之後，開始有傳呼機 BB. Call，那時候聽過一個朋友說，因為她的妹妹得了癌症，隨時有病危的可能，母親於是替他們兄妹三人都辦了傳呼機。從此，不管他在上課或者吃飯或者搭車，只要 call 機響起，他便感到欲窒的痙攣，無比的驚惶。這故事或多或少影響了我對於手機的看法，我認為一定要十萬火急找到你的事，通常不會是好事，就像在深夜裡忽然響起的電話鈴。

到香港教書時，香港的手機使用率已經普遍到人手一支的地步了。任何人在任何時間都有可能被找到，如此一來，人與人的關係是否就可以更緊密、更誠信了呢？我曾在擁擠的地鐵車廂裡聽見一個男人接聽手機，當時正過了銅鑼灣，一群時髦的年輕人笑著推著擠上車，那男人卻對著手機說：「我很忙啊，是啊，在深圳啊，妳自己去啦，不要等我了……」

就在我從香港返臺之後，發現臺灣的手機普及率也大幅升高了。每個學生幾乎都有一支手機，那彷彿是做為一個人類的基本配備了。課堂上手機鈴聲不斷，我只好下令，凡是課堂上手機響起，就要請全班同學吃金莎巧克力。如此一來，教室裡果然清靜許多，只是在聖誕節前夕，整間教室這裡嗶嗶，那裡嗶嗶，都是傳簡訊的聲音，嗶嗶，嗶嗶，逼得我快發瘋了。聽說有的老師是用更強硬的方式處理，只要手機一響就抓起來往窗外丟，不管是在一樓還是十一樓。我相信這樣的做法必然可收殺雞儆猴之效，但我目前還做不到，一方面擔心殃及無辜路人，一方面顧慮到手機實在是犯罪的淵藪。校園裡曾有學生偷竊只為了買最新最炫的手機；我特別邀請作詞人方文山來班上演講，同學紛紛搶著和他合照，紊亂中竟有兩個學生的手機失竊了。手機本身的價值，使它充滿欲念，誘人犯罪。

手機的功能愈來愈多，不只是通話而已，可以打電動；可以拍照，還可以餵狗。我的另一個朋友瑞瑞則把手機當成裝飾，每半年就要換一支新款手機，標示出時尚品味。我從餐廳出來，微笑著讀完簡訊，回電話給等候著我的那個人，「嗨，吃完啦？」那人的聲音從手機傳來，散發著欣喜的光亮。我忍不住仰頭看著夜空，有多少人正在講手機？是否因為那千絲萬線看不見的牽引，使這座城市遼闊美麗？

冰凍的黑鍵白鍵

——鋼琴

一群年輕男女圍著一個彈鋼琴的男孩子，安靜的諦聽，在黑鍵白鍵上跳動的修長手指，一旁讓風掀飛的白色紗簾，營造出如夢似幻的場面，這正是曾風靡一時的日劇《愛情白皮書》。在偶像劇裡，鋼琴襯顯出的是燦若冰花的情愫與青春。

也不知從什麼時候起，父母親熱衷將孩子送去學鋼琴，並且篤信「學琴的孩子不會變壞」。這極有可能是一種補償心理，他們是不可能學琴的，沒有那樣的環境與心境。很多孩子的第一首「演奏曲」都是〈快樂頌〉，接下來幾乎都是〈甜蜜的家庭〉。

張愛玲寫到童年時父親改邪歸正，海外的母親返家與丈夫重修舊好，最幸福的那段日子：「我母親和一個胖伯母並坐在鋼琴凳上模仿一齣電影裡的戀愛表演，我坐在地上看著，大笑起來，在狼皮褥子上滾來滾去。」一架鋼琴，一種美好生活的浪漫憧憬，非常好萊塢，甚至只是一種表演，而人們恰好有這樣的心理需求。孩子遂在父母親的微笑示意下，為來訪的客人演奏起來，從《拜爾鋼琴教本》到《哈農鋼琴教本》到《布爾格彌勒練習曲》，從巴哈初步鋼琴曲到徹爾尼練習曲到小奏鳴曲，客人一定要表現出熱烈的讚賞，在那幾個溜開的音符和雜遝的指法間，仍保持著高度的興趣，這樣才算是盡到了賓主盡歡的本分。在這樣的場面中，背對著眾人，面對著八十八支黑白鍵的孩子的心情，往往被忽略了。很少有人問那孩子一聲：你喜歡彈鋼琴嗎？

這問題不能問，因為多半的孩子並不喜歡彈琴，他們情願和其他的孩子爬在地上挖蚯蚓，到田溝裡捉泥鰍；她們情願和其他的孩子把野花戴在頭上玩娶新娘的遊戲，但，他們必須裝扮得乾淨整齊，坐在山葉鋼琴教室裡，敲擊那些黑白琴鍵。尤其是女孩子，父母親送女生去學琴並不是指望她成為演奏家或音樂家，而是希望她被培育得更有氣質，更為優雅，將來長大之後可以嫁給律師或者醫師或者是建築師，鋼琴，就是她的陪嫁。又或者做為一個一小時學費八百元的鋼琴教師，也是一種生財之道。我的幼稚園老師就是我的鋼琴老師，她免費教我彈琴，還認我做乾女兒。

我的雙腳騰空，坐在鋼琴凳上彈完第一支曲子〈小蜜蜂〉的時候，以為自己會成為鋼琴演奏家。後來，琴譜上那些拖著尾巴的豆豆，開始用它們的跳躍來折磨我，彈琴再不是快樂的事了，鋼琴是巨大的、冰冷的，隔絕了我的童年和快樂。十五歲那年，父母親用六萬元的高價為我買了一架「諾貝爾」鋼琴，這在經濟並不寬裕的家庭裡是很大的負擔，但我已經失去對於鋼琴的熱誠，我小心翼翼的藉著忙碌一些別的事，逃避鋼琴。但它總在那裡，鮮明的譴責著我對於辛勞的父母的辜負。後來，所幸我有了創作；有了學位，不再有那麼深的愧疚感。

前半生的我的許多努力，是不是都只為了消融我與琴鍵之間的冰凍關係呢？孫梓評的《甜鋼琴》詮釋了許多孩子被凍結在鋼琴前的心情，我閱讀著，一邊聽著左鄰右舍的小女孩敲出的練習曲，像是賭氣的競賽著，誰也不肯說出：「我不想彈鋼琴。」

迴旋著，永不止息

——唱機．音響

自我的記憶比較完整的時候開始，家裡就有一臺唱機，像一張桌子的規模，木製的，唱盤需要架起來，放進一張黑膠唱片，抬起唱針，置於最外緣的地方，唱針順著唱片上的溝痕，悠悠地唱起來了。家裡有好些膠片，各種顏色的，薄荷綠、芥末黃、杜鵑紅、秋柿橙，小時候我們還不能指出演唱者，但已經會點歌了，比方說：「我要聽黃色的……我要聽紅色的……」一樣能達成目的。印象最深的是周璇的老歌〈花好月圓〉，「浮雲散，明月照人來，團圓美滿今朝最……」一邊聽一邊模仿周璇，捏起嗓子唱。

有一年聖誕夜，父親下班回來，神祕兮兮拿出一張聖誕歌曲的新唱片，教我們不要嚷嚷，他將唱片放進唱機，嘹亮的聖誕歌曲充滿我家，基督徒的母親聽見，驚喜的從樓上下來，我和弟弟一齊抬頭看著階梯上的母親，母親微笑著，父親也微笑著，那是我所記憶的，父母親之間最浪漫的事。

那時候有朋友來我家拜訪，大家就圍著唱機聽歌或者說笑話，彷彿那是個最輕鬆最歡樂的角落。我探頭看著唱針一圈圈滑到軸心，歌聲消失了，只剩下沙沙的磨擦聲，連那種聲音我都覺得悅耳，充滿想像。

十歲那年父親從香港出差回來，帶了一臺錄音機，對我來說是極其新鮮有趣的玩具。我們買了許多錄音帶播放，有時候找到空白錄音帶，我便自己錄製廣播劇，編劇、特效一起來，同時扮演老人、小孩、男人、女人，唯妙唯肖，父母親都被我弄迷糊了，不知道我去哪裡找來這麼多人一起玩。曾經我以為，長大之後我會成為一個配音員的。

然後，隨身聽出現了，校園裡那些耍酷耍帥的男生，都在腰上別個隨身聽，耳機塞在耳朵裡，整天的搖頭晃腦。然而，在我眼中看來，最具魅力的其實是在溪邊烤肉時，扛在男生肩上的手提音響。夏天的溪水仍很冰涼，暑假即將結束，我們班的女生占大多數，約好和別校工科男生聯誼。我到得晚了，站在溪谷上往下望，一邊喚著我的朋友瑞瑞。扛著音響的那個陌生的男生，在震天價響的搖滾樂音中，忽然抬頭望住我，用一種並不陌生的眼光。瑞瑞說我那天特別安靜，事實上是我覺得自己稍稍一說一動，都在那熱烈的眼光注視之下，因而手足無措。

成年之後，音響竟然成為情人饋贈我的禮物了。第一臺音響是第一個男朋友送的定情物，他其實是個很實際的人，為了我努力浪漫著。音響插上電開始唱歌，他說他有一種天長地久的感覺，我忽然心中一驚，因為我並沒感覺到。多年後我到異鄉暫居，因為語言與文化的不同而覺心情低落，住在同一座城裡的當時的情人送了一套音響給我，順便買了一疊華語流行歌曲的CD，當我把陳淑樺的專輯放進音響，「傲慢與偏見，讓我們浪費許多時間……」歌聲開始迴旋，我覺得自己似乎回到了家。但我仍堅持這音響是同他借的，不要他送，他不明白我的偏執因何而來。我們就這樣延延挨挨好幾年，終究分開了。到現在連我自己也不明白自己到底在彆扭什麼。只是發現兩件事，一臺音響一張CD，就能提供我極大的安慰，另外，傲慢與偏見確實如影隨行，但是相愛過的那些年，一點也不浪費。

人人都要上電視

——電視

我出生的那個年頭，正是電視逐漸進入家庭的時代，也是一個「眼見為憑」的年代。我們從電視上看見美國總統甘迺迪被刺殺，倒在賈桂琳的身上；我們從電視上看見太空人阿姆斯壯登陸月球，插上一面星條旗，宣示月宮既不存在也沒有嫦娥和玉兔；我們跟著電視唱「蘋果西打」、「綠油精」的廣告歌曲，開始穿迷你裙。然而，電視早先對我來說可不是「看」的，而是「觀賞」的。最初的觀賞電視經驗，是在我兩歲多的時候，父親將我馱在肩頸上，隨著許多人到臺灣電視台門口，去看那個架高的黑白電視。裡面正在播育嬰的教學節目，我看見了母親，穿著護士服，對著鏡頭，微笑的抬起一個洋娃娃的雙腳，示範正確包尿布的方法與步驟。她好聽清脆的國語，從電視裡傳出來，爸爸仰頭對我說：「看，媽媽在裡面。」不知道為什麼我竟然還記得，被扛在肩上，許多人站在旁邊，我們一起看著電視裡的母親。

很多人一起站著看電視，是我童年時最常見的景象。看電視就是要有很多人的，家裡還沒有電視時，我們總要去鄰居家裡觀賞，一整排小孩子坐在地板上，大人就坐在小孩身後的沙發，緊張兮兮看午夜裡實況播出的世界棒球賽。

台視、中視成立之後，還有個華視的前身，叫做教育電視台。

我曾經和幾個舞蹈社的同學一起去表演舞劇，我們每個人都訂做了白色的舞衣，一層層的裙襬，像奶油蛋糕。我被安排演出的角色是一堵紅磚牆，排練的時候只是伸長手臂，站著不動，被幾個頑皮的孩子撞到，便搖搖晃晃的倒下了。我想站著不動的時候，正好可以讓人看見這身美麗的舞衣，心中暗自歡喜，還穿上一雙新鞋。到了電視臺才發現，我的身上罩著一塊畫出紅磚的布，從頭上罩下，攏住手臂和全部的身體，包括鞋子。電視播出時，大家都湧進鄰居家裡去觀賞，七嘴八舌的問著：「在哪兒啊？是哪一個啊？」「我是牆。」我小小聲的說。場面忽然安靜下來了，我家院子裡還晾著那件被染成紅色的舞衣。

妮可．基嫚演過一部小成本電影，小鎮上的女人嫁了個丈夫，卻一心幻想著成為電視上的當紅主播，她徒勞的做了許多努力，被地方電視臺的人戲稱為「狂熱分子」。她認為，「人如果要出名，就一定要上電視。」為了貫徹她的理念，甚至誘惑三個青少年，槍殺了她認為阻攔了她的前途的丈夫，最終也被丈夫的家人暗殺。「如果人人都可以上電視，還有誰要看電視呢？」這部電影提出這樣的質問。說真的，我喜歡看電視，甚於自己上電視。每次我在電視上出現，就有人告訴我：「妳本人比電視上好看多了，也年輕多了。」這說法令我惶恐不安，到底電視上的那個我有多麼醜陋？

也有人不喜歡看電視的。我和我的朋友瑞瑞約了去看她的初戀情人，那男人是社團的學長，他一直很拚命的工作，後來失去婚姻與健康，罹患癌症。我到病房時瑞瑞還沒到，我們說幾句閒話之後便一起抬頭看電視。電視正在播出一對情侶的「大復活」，兩個人又說又哭，學長忽然冷冷的笑起來：「全是假的，電視上的東西都是假的，真高興我快死了，不用看這個虛假的世界。」我怔住，不知道該說些什麼。在靜默的當兒，瑞瑞踩著高跟鞋搖搖的、風姿綽約的走來，學長的眼光緊緊盯著她，臉上緊繃的線條鬆弛下來，年輕時的熱情爬進他的眼眸，所幸，這世界還有一些真實的東西。我站起身，關掉電視。

跟帶子說拜拜

——錄影帶

我冒著雨踏過夜街的積水，走進燈光明亮的錄影帶出租店，為了教學的需要，我有時候必須來這裡租片子，這是目前規模最大的連鎖店，通常都能滿足我的需要。將要打烊的店裡，顧客稀稀落落，陳列架上盡是ＶＣＤ、ＤＶＤ，我向正忙著搬運錄影帶的店員詢問，錄影帶在幾樓呢？那女孩放下懷裡的錄影帶，對我說：「都在這裡了，看妳要不要買？」我告訴她我要租帶子，並不需要買。

「我們不租帶子了，只有VCD和DVD。」年輕女孩一派輕鬆地：「帶子已經過時了啦。」已經過時了。我獨自站在那一堆隨意堆放的錄影帶旁邊，不知道為什麼，只覺得舉步維艱，像墮進一場惆悵的夢境。

夢裡的我在自家門前繫鞋帶，對廚房裡的父母親喊一聲：「租帶子囉。」就出門去了。然後，像逛花園似的，走進花團錦簇的錄影帶店，永遠燙著捲捲頭的老闆娘親切的喊著：「好久沒來囉。那個《新紮師兄》第二集出來囉，要不要看？很好看喔。」我就是因為港劇《新紮師兄》和老闆娘建立交情的，也從那時候開始認識了梁朝偉、張曼玉、劉嘉玲、劉青雲，進入港劇迷人的世界。

家裡最初的一臺錄影機是「小帶」的，我避開大帶區，挑選自己想看的片子，一千元的會員證可以看三十幾個帶子。因為我的名字與張曼玉只差一個字，捲捲頭老闆娘再多送我兩、三片，她一直對於《新紮師兄》裡梁朝偉和張曼玉沒能在一起感到很遺憾。我從日本片的帶子區走過時，看見另一個房門半開的小房間，裡面堆著滿滿的帶子，幾個男人專注的挑著帶子，老闆從門後瞄見我，略顯不安的掩住門。於是我明白，那裡是A片專區，也就是女人禁區。一九八〇年代，A片可不會光明磊落陳列著，都是遮遮掩掩的，那時候很多家長等到孩子入睡了才偷偷爬起來看A片，卻不知道當他們去上班之後，青少年的兒子帶著同學回家來舉辦A片大展，就這樣，完成了性教育的初級班。

那時候也有掛羊頭賣狗肉的，我的朋友瑞瑞曾經在外婆家度假，小表妹找來一捲卡通影片《白雪公主》的帶子，要求一起觀賞，瑞瑞為了家族和諧只好配合一下，誰知道放出來的鹹濕片令見識頗豐的她也覺得尷尬。忽然闖進來的外婆的尖叫聲讓一切終止，家裡每個男人都有嫌疑，從外公到大舅、二舅，天天被外婆念。

瑞瑞說她很小的時候家裡就有錄影機了，因為錄影帶店還很稀少，會有專門出租帶子的業務員，提著一個黑色大箱子，到家裡給客戶挑帶子。瑞瑞提供過我一個小說題材，說的就是一個寂寞單身女子，對一個錄影帶業務員的性幻想。聽過那個故事之後，我們一致認為那捲《白雪公主》帶子很可能是大舅媽或者二舅媽租回來的，因為女人的潛能不可小覷。

小帶子不久就被大帶子淘汰了，我們換了一臺新的錄影機，捲捲頭老闆娘抱怨生意愈來愈難做，說他們是本土產業，都被外來產業打得招架不住了，又說梁朝偉怎麼和劉嘉玲戀愛啦？他們比較適合當兄妹啦。看起來還停留在《新紮師兄》的情境中。而我已從夢中醒來，到薄薄的ＶＣＤ和ＤＶＤ面前去挑選想要的片子。我當然也找到了自己需要的，只是，還是有那麼點說不清的若有所失，我想，是因為我還沒準備好，跟帶子說拜拜，告別一個舊的時代。

可以把握住

——杯子

曾經，在上海與張愛玲齊名的女作家蘇青，在她的散文〈我的手〉裡面寫到自己創作的情況：「晚飯後，我拿出一隻乾淨的玻璃杯，濃濃的泡上一杯綠茶。我一面啜著茶，一面苦苦思索要做的文章。忽然，我瞥見自己端著茶杯的手，纖白的指頭，與綠的茶汁璘然相映，看上去像五枚細長的象牙。」如此耽美的描述，使得作家彷彿是一種極其浪漫的營生，而玻璃杯與女性的關係也就更彰顯了——女人透過玻璃杯與盛裝液體的光澤，含著愛戀注視自己的手指。是不是因為這樣，女人雖然有許多質材不同的杯子，卻最鍾情於玻璃杯？玻璃杯的剔透；玻璃杯的易碎，恰似美好生活的一則譬喻。

我相信在城市裡生活的人，每個人必然有不只一隻杯子，有的是好看的杯子；有的是好握的杯子；還有別人當成禮物饋贈的杯子。我的朋友阿命搬進新買的小套房，在櫥櫃裡擺了一整排高高矮矮的水晶杯，我去拜訪她的時候，她打開櫃子，問我：「要用哪一隻？」我嘲笑她像個暴發戶，未免太奢侈。她說在婚姻和家庭裡，因為丈夫的那幾個孩子都還小，他們用的是不會破的壓克力杯子。「喝什麼都沒有滋味。」她確定要離婚之後，抱怨漸漸多起來了。當她從婚姻和家庭裡搬出來的時候，一隻杯子也沒帶走，倒是從娘家取回一隻二十歲生日那年，我送她的陶杯，那時節流行訂做杯子送人，杯身上還能刻上名字。我送她的杯子上刻著一個「命」字，她此刻正用那隻陶杯喝茶，雙手捧握著杯身，將「命」握住，從今後真的可以把握住自己的命運嗎？

我沒有問她，只是小心翼翼的用水晶杯喝水，生怕一個不小心打碎了。危危惴惴，像仰望著一個傾慕的情人。

杯子，也是相當私人的用品。所以，雖然擁有那麼多杯子，但是，我們最想用的常常是戀人的那隻杯子，分明不屬於我，卻想要擁有它。我曾經喜歡過一個男人，我們之間保持著一種美好的關係與距離，連指尖都不曾碰觸過。是一個很熱的夏天，我去辦公室找他，他看著我被太陽曬得緋紅的臉微笑，急著要找清涼的飲料給我。我斜倚在他的桌邊，看見他喝水的那隻極其普通的馬克杯，銀灰色的，杯緣有一個唇痕，我握起那隻杯，忽然有些衝動的嚷著：「好渴啊，先喝囉。」沒等他反應，我對準唇痕，將杯中的水一飲而盡。在那突然沉寂的五秒鐘裡，我看見男人怔忡的臉，變化出細膩溫柔的表情。既然用這種方式親吻了，接下來當然是免不了要談一場戀愛的。那男人就像馬克杯，溫厚實在，卻缺少了玻璃杯的剔透危險，偏偏那時候我還是憧憬一點刺激的。

我有一隻磁杯，細細描繪著宋代的煙花藤蘿，是我寫作時用來陪伴的。然後我又想到蘇青，她的真實生活是被丈夫離棄，辛苦寫稿養活孩子與一大家子，還要飽受無情的抨擊與惡意詆譭。她寫道：「**我的手再不能替孩子們把屎把尿，擤鼻涕了，祇整天到晚左手端著茶杯，右手寫，寫，寫……**」丈夫離開了，孩子長大了，什麼都靠不住也握不牢，唯有一隻杯，只要你不摔爛它，便永遠在身邊。我對自己這隻杯便有著這樣的感情，它已經陪伴我十幾年，超過任何一個男人，任何一段愛戀，當我伸出手，隨時可以把握住。

窗的表情

——窗

九〇年代初，我與一群作家朋友合演一齣舞臺劇《非關男女》，我飾演的角色是年逾三十的未婚女作家，說不上如意或不如意，只是一心一意等待應該會出現的那個男人與那份情愛。為了演出宣傳，我拍了一組劇照，站在窗邊，微微的側臉，長髮披在右肩，窗外的亮光將左肩映得一片雪痕盈白，夜裡點燃的霓虹照在我若有所思的臉龐。看起來我並沒有自己的表情，只反映出窗外的光影而已。我還寫了一段話：「舊時的女人，都有一扇窗。站在窗前的女人，是寂寞的。寂寞的等待，寂寞的眺望，歎息成一個黃昏。只有窗是知意恆久的，女人最後愛上了窗。」

　　此刻，我陪著我的朋友阿命，站在她新買的東區小套房裡，十三坪多的中古套房，廚具、衛浴一應俱全，卻只有一扇不算敞亮的窗子。阿命正一件件的將新買的傢俬運進來，燈也換了新的，房裡特別亮，而且溫暖。她興高采烈的告訴我，要將原先的百葉窗換成白紗波浪型的窗簾，溫馨又浪漫。我用力點頭，顯現出很贊同的樣子，這是阿命頭一次擁有自己的空間，可以完全按照她的期望去布置。然而，我也清楚明白，她是要先為自己準備一個可以落腳的地方，才能和丈夫談離婚的事。這間屋子，正是她即將失婚的一個象徵。阿命拉開百葉窗，讓我看外面的街景，過年前忠孝東路上擠滿了地攤，採購的人潮彷彿永不停歇。我湊熱鬧的擠過去看，肩膀貼著她的肩膀，這觸感使我不期然想到十幾歲的我們，擠在一起往窗外張望的青春往昔。

五專時期，阿命偷偷暗戀著一個到我們班補修英文的學長，那個學長身高一七八以上，臉孔很斯文，戴著銀絲邊眼鏡，他的白襯衫鬆鬆地掛在略顯瘦削的身上，幾乎從來沒正眼看過女孩子。阿命覺得他簡直就是羅曼史小說中走出來坐懷不亂的男主角，原本無趣的英文課因為他的出現而充滿期待，每次上課之前，我陪著她擠在二樓的教室窗前，遠遠的看著銀絲邊學長走來，「來了，來了……」我總這麼輕嚷著。「好帥，好帥喔……」阿命總是用狂熱的口吻讚歎著。然後，就在學長拾級而上的時候，我們飛快奔回自己的座位，我轉頭看著阿命，她十八歲的臉頰，漾著緋紅，雙眼濕亮濕亮地。

「就是這樣。」四十歲的阿命在我身邊忽然說：「我在窗前看著幸福，來了，又走了。」我看著對街櫥窗熄了燈，我不敢轉頭看她臉上的表情。

我知道阿命並不是那種只在窗裡張望的女人，她其實是會走出去，迎上前，等待、拚搏，盡一切努力爭取的，但是，幸福還是走過去了。與她相比，我其實更倚賴一扇窗，不管是買房子還是租屋，我最在意的是能不能有一扇窗？窗外能看見怎樣的風光？

一個人在香港獨居的時候，我並沒有朋友們所以為的寂寞孤獨，我的窗能看見遼闊的庭園，看著噴水池的燈光一整排亮起，黃昏時忙完了，握一杯茶，就在窗臺看著點燈儀式。我想起十年前劇照旁另一段話：「現代的女人，把窗開在心裡。看流麗的四季，自己的道途，看著繽紛的大都會暗暗的沉，並且篤定的知道，天將朗朗的亮。」我鼓舞起精神，告訴阿命要和她一起去挑窗簾布，終於，她可以擁有穿裙子的一扇窗，純粹屬於自己的家了。

存在的短暫見證

證書

在三、四〇年代的許多作家描寫的女性故事中，最令我激動振奮的就是許地山的〈春桃〉。女主角春桃曾在鄉下拜堂結婚，婚禮中丈夫就被拉伕赴戰場，春桃並不以女體與青春為貨品，她成為北京城裡自食其力而又自尊自重的拾字紙婦人，與同是天涯淪落人的情人同居。情人總想著和她填個「龍鳳帖」成為名正言順的夫妻，她將龍鳳帖搓成火捻子引火烙餅吃，認為那還實際些。後來在街上巧遇戰爭中傷殘雙腿成為乞丐的丈夫，春桃也將他帶回家，想著「三個人開公司」，將字紙事業做得更昌盛些。倒是兩個男人彆扭到不行，丈夫隨身帶著成婚當日的龍鳳帖，儘管春桃早清清楚楚表明自由的身分不受任何拘束，屋簷下的情人仍難以忍受。結果丈夫有幾分俠義精神，不想拖累春桃，尋了個自盡，上吊前燒了那張龍鳳帖。這故事的結局是樂觀的，三人總算前嫌盡釋，合夥開公司。

然而，龍鳳帖燒在了地上成灰，總不如燒在爐子裡還能烙張餅吃吃。

龍鳳帖，便是現在的結婚證書，有些人是有了之後覺得不重要的；有些人卻是沒有的時候覺得無比重要。

我的朋友瑞瑞的母親和丈夫是自由戀愛結婚的，結婚證書裱掛在客廳裡許多年，少女時代我去她家玩，還能看見那紙婚書，燙金的，幾枚赤燄燄的紅色印章，看起來天長地久的樣子。然而那時候瑞瑞的父親已經不常回家了。瑞瑞一向鄙視婚姻，因為她和母親共處的時間長，許多痛苦都感同身受。「結婚證書就是讓男人女人做愛合法化，發給做愛通行證而已，能保證什麼？」曾經，有一個男人向瑞瑞求婚，瑞瑞憤世嫉俗的這樣說。她看過母親幾乎每年都要收到父親寄來的離婚協議書，「我爸把離婚協議書當成賀年卡來寄，很有創意吧？」還記得很年輕的時候瑞瑞把這事當成笑話說，我一點也不覺得好笑。瑞瑞也不覺得，她有一次甚至偷偷替母親蓋了章簽了名，要寄還給父親的時候，被母親發現，那是母親與她最嚴重衝突的一次。那一次，瑞瑞有兩天沒來上學。

後來幾年，瑞瑞母親連牛皮紙袋也不拆了，一封封好好的放在一個箱子裡，和那張裱褙的結婚證書在一起。當她心臟病去世，瑞瑞替她整理遺物的時候打開了那只箱子。「我懷疑媽媽和爸爸早就沒有感情了，她只是要留住一個妻子的身分，因為她是一個女人，不能沒有這種身分。」那時候我們都將邁入中年，已經可以好好分析這種心態了。瑞瑞的父親始終沒有等到離婚協議書，瑞瑞把母親的死亡證明書寄給父親，做為最後的回答。

我的櫃子裡也保存著一些證書，出生證明書記載著我最初的體重五磅十一盎司；從小學到博士班的畢業證書記載了我二十六年的學校生活；副教授證書賦予我在大學教書的資格；結婚證書已經不必再等待了，最終必然會來的是死亡證明書。然而證書也很虛無，出生證書證明你是一個人，卻不一定能活得像一個人；結婚證書約束夫妻必須廝守終身，卻不能保證彼此相愛；死亡證明書宣布了此人再不能做壞事也不能做好事，而他做過的好事壞事的影響，並未終結。

所以，印製證書的最好質料是紙，它只能見證一種短暫的存在。

K說L喜歡B——日記

自從沒有紅包可拿卻要發紅包之後，過年就不再是那麼值得盼望的事了，除了增加更多的歲數之外，還能有什麼好處？現在的小孩領了紅包，也不像我們那樣歡快的急著衝進雜貨店買鞭炮，而是交給大人存著買新電腦或是新軟體，我也開始同情起他們來了。孩子們到底怎麼使用壓歲錢，變成我關心的事。那個國小二年級女生由舅舅領著來我家玩，行禮如儀的拜了年，領過紅包，我問她壓歲錢要怎麼用？「我要買一個新的日記本，有鎖的那種。」小女生揚起臉說。她的舅舅說半年前小女生過生日才送了她一本日記，不知道怎麼會耗損這麼快？「那本沒有鎖嘛……」小女生的臉漲紅了，她看著舅舅很真摯的說：「我要用那本日記寫快樂的事……別的事才寫在新的日記裡面。」

是的，別的事就需要一個鎖了。女人從小就有許多事需要鎖起來，男生似乎沒有這樣的需要，很多男人甚至從來不寫日記的。

我也想起少女時代的自己，每到寒假過後就到書店去買一本新的日記，準備展開新的生活。幾乎每一本日記都從羅斯福路上的木棉花開始寫起，我總在公館下車，走到校園書房去，為自己買一本日記，再挑一支日記專用筆，慎重其事的寫下：「路邊的木棉綻放花朵，春天已經到了。希望藉著這一本日記讓我的生活從此不同……」剛開始的一、兩個月確實是天天都來報到的，有時候兩、三頁還寫不完，為了這樣的書寫，生活裡所有細細碎碎的事都被擴大了，都被賦予意義。直到第三個月之後，許多其他的事分去了寫日記的時間，兩天、三天才寫一次，然後是一個禮拜，再來是半個月，於是，我開始厭棄沒有恆心的自己，厭棄沒有新鮮感的日記。最後，徹底的荒廢了這本日記，等著來年領了壓歲錢再買一本新的日記，生命再度重新開始。

雖然日記都是有鎖的，可是，被「偷窺」的恐懼依然如影隨行。母親和姊妹通常都是主要的入侵者，女性的好奇心確實旺盛得多。我的母親在「閱讀」我的日記一段時間之後，終於忍不住找我懇談：「女兒啊，難道妳的生活裡一點快樂的事都沒有嗎？只有憤怒、委屈？總覺得每個人都對不起妳？」我當然否認這種說法，母親傷心的問：「那麼，為什麼妳的日記裡都是不快樂的事？爸媽辛辛苦苦買了鋼琴給妳，怎麼妳卻隻字未提？」還記得我當時花了好多時間安慰和解釋，完全忽略了自己的日記遭到窺看應該抗議的事。或許因為這樣的恐懼，很多女生在日記裡採用密碼來書寫，便會出現這樣的內容：「K說L喜歡B，可是H告訴我其實S是B的地下情人，今天大家約在老地方談判，G陪著R也來了……」多年之後，這日記成了一本連寫作者也解不開的密碼書。到底日記是為了留給自己而寫？或是為了防堵偷窺而寫？

世界上讀者最多的日記，應當是十五歲便死於納粹集中營的猶太少女安妮所寫的《安妮日記》，她在躲藏密室避難的兩年中，將日記當成最好的朋友傾訴內心真實的感覺，她曾寫下這樣的句子：「我希望在我死後，仍能繼續活著。」日記替她完成了願望，六十多種語文翻譯，超過兩千四百萬冊的銷售量，使她成為知名度最高的少女。閱讀著《安妮日記》時，她相信自己終能脫困的樂觀安慰了我；就像看著往昔的自己，總相信一本新的日記，就能開啟截然不同的新的人生。

永恆的傾訴

——信

每到除舊布新的年關將屆，母親打掃完家裡每一吋地方，便站在我的書房門口，往裡面張望。看著那些堆積在角落已經好些年的紙箱紙袋，她說：「該清一清了吧？都好多年啦。」我便埋首在書堆或電腦屏幕前，假裝很忙碌的樣子，說著好啦好啦，有空我會啦。母親搖搖頭走開，知道今年又沒希望了，我把頭抬起來，轉向那些已經蒙塵的堆積物，箱子裡是我遠行時朋友們寫給我的信。

在美國的大半年；在香港的一整年，幾乎每一天，信箱裡都會有一封信，滿載著思念與傾訴，我在打包的時候便帶著它們一起回來，像一個記憶的保險箱。它們是我的收藏，是我的珍寶，要怎麼「清一清」呢？

《先知》的作者，中東畫家詩人紀伯倫在情書中寫著：「在生命憔悴的時刻，心靈被失望占據，我就讀妳的信……妳的信使我想起真實的我，讓我審視我自己，讓我遠離醜惡和汙濁，避開生命的墮落。」這確實是我必須保留住這些的原因，我不想失去真實的自己。

自少女時代我便很愛寫信，每一天放學之後都要寫長長的信給同班同學，信裡談到閱讀、談到生活瑣事、談每一種細微與感傷，同學讀完我的信有時候回覆有時候不，而我根本不以為意，只是需要傾訴。後來我常在剖析自己的創作經驗時談到這一段，並且認為這便是我寫作的啟蒙與磨練。「這麼說起來，我也挺重要的嘛。」我的朋友瑞瑞有一次忽然意識到這件事，忍不住得意起來，然後又有些認真地說：「那時候其實滿擔心妳的，覺得妳那麼敏感，可能會自殺。」瑞瑞說她搬家的時候總捨不得把我的信丟掉，一筆一畫，那麼耽美的那個十七歲女生，早已從這個世界消失了，卻還住在她的信盒子裡。我和瑞瑞關心的事一向不同，生活情調也很異樣，想著她的信盒子裡珍藏著我的信，卻覺得格外溫暖。

不管是情人還是朋友，喜歡一個人的時候，便想要給他寫信，彷彿是藉著書寫，將自己的一部分留在了他那裡。寫出來的每個字都那麼具體真實，可以一再揣摩，也就產生了力量。與情人遠隔十萬八千里，但我相信以吻封緘，他便能感受到愛意；與朋友許久未見面，但我相信有我的理解與安慰，他便能從失去愛戀的打擊中恢復勇氣。

我最不喜歡做的事就是把信「清一清」，年輕時一直和一個男孩子通信，他不擅言詞，信卻寫得動人心弦。後來，為了讓自己斷絕對他的想念，我決心燒掉那些信，特意買了一隻燒錫箔紙的圓桶，花費一整個下午。頂樓風很大，銀色的紙灰從桶子裡飄出來，火和煙使我嗆咳，淚如雨下。紀伯倫的情書裡寫著：「每個人都需要一個避難所。我的靈魂避難所是一片叢林，我帶著對妳發自心靈深處的情感的理解，生活在其中。」於是我明白，那天下午我放火焚燒的，原來是一片叢林，我的避難所。

那些塵封在紙箱裡的很多情感都變易了，使我不忍開啟。讀著遠去的歲月裡的信，總不免感傷，那曾經專注聆聽的人已不復存在，甚至連寫信的人也杳不可尋，只有這信，仍款款深情的不斷的、永恆的傾訴。

【二〇二三・新增作品】

心上的尖尖頂

——建築物

二〇二三年八月，我走進旅館房間，剛剛放好行李，便到窗邊，拉開窗簾。窗簾有自動裝置，我才伸手觸碰，還未使力，它就緩緩滑開，於是，我朝思暮想的那幢高樓，便在陽光下閃亮出現，像是缺少了配樂的電影畫面一般，依然動人心魄。

因為疫情與種種原因，已經四年半沒去香港了。旅遊解禁之後，便開始安排這次行程。我特意挑選了曾經熟悉，此刻卻覺得生疏的灣仔，一間新的旅館，三角窗的邊間房，據說，可以正正望見中環廣場。地理位置、交通狀況、生活機能什麼的，都不重要，只要能如此靠近那幢尖尖的屋頂，吾願足矣。

每天早晨醒來，端著一杯茶，我可以在沙發上坐很久，一種蜷曲的姿勢，癡癡望著，直到喝完茶。天黑以後回到旅館，抬起痠腫的腿腳，依然在沙發上坐一陣子，看著亮起金黃色光條的它。

旅伴走來，問我可以拉上窗簾嗎？我說再等等，十點鐘，它就熄燈了。

「妳確定嗎？」旅伴半信半疑的看著腕錶。

十點剛過，燈熄了，整幢建築物瞬間隱沒暗夜中。我舉起手輕觸，窗簾溫馴的闔上了。

「嘩，妳真的很了解它耶。」

是的，與我最緊密連結的香港建築物，就是它。

我拍了一張凝望中環廣場的背影照，放在臉書上，便有香港讀者回覆留言，寫道：「我對中環廣場有恨意。明明是灣仔，卻名為中環，誤導他人，作假。其次，我自小住六樓，爬上天臺就能看見煙火表演，因為這幢商廈的高聳，剝奪了市井小民每年一、兩次的生活趣味。」

這些櫛比鱗次，爭奇鬥高的大廈，必然剝奪了許多市民的風景吧，雖然看在觀光客的眼中，唯有無盡的讚歎而已。至於「名不符實」這樣的事，倒是習以為常的，比方說「太古廣場」不在太古，而在金鐘，那裡是初訪香港的旅客必至的購物勝地。這種「誤導」，對我來說，其實也是一種趣味。

這次到訪香港，還有一個重要任務，就是在銅鑼灣誠品書店舉辦新書分享簽名會。香港的讀者依然給我熱烈的回饋與貼心的溫暖，演講結束，簽名之前，是大合照環節，為了畫面更集中，讀者們都把椅子往中間挪動，不知誰給了我一把椅子，讓我可以坐下，穿著長裙，披著圍巾的我，有點費力的調整椅子，有人從兩排座椅後起身，迅捷的幫我把椅子放正，確保我安穩入座才離開。我定睛一看，原來是Celia，她總是那麼貼心的注意著我的需求。十二年前，那時，我正式走進中環廣場，擁有一間辦公室，一面無敵海景的窗，一位叫做Celia的祕書。

這一切對我來說都那麼不可思議，如夢似幻。

二〇一一年十月，我乘坐的車子流暢的駛向灣仔，司機連絡辦公室：「主任快到了，來樓下接喔。」轉了幾個彎，車子來到中環廣場樓下，我屏住呼吸，睜大眼睛，看著眼前的景象，難以置信。三個月前，接到這個工作邀約的時候，就被告知，會配有司機；同事是幾位臺灣外派的祕書與幾位本地雇員；工作的地方在中環廣場……後來還說了什麼，我已經自動消音，只是反覆的問：「中環廣場嗎？你說的是灣仔的中環廣場嗎？」確定真的是中環廣場之後，便再也無法安頓亢奮的心情了。

從臺灣赴任的班機是晚間降落的，我被地勤人員帶領著走禮遇通關，幾位臺灣祕書已在接機處等候，將我送到下榻的旅館，每一個場景都很新奇，但我真正期待的卻是這一刻，走進中環廣場的剎那。挑高的中庭，明亮的空間，我被同事引領著，先搭乘快速電梯到四十六樓，輕微的耳鳴中，再轉乘高層電梯到四十九樓。才見到辦公室的玻璃門，接待處的Ada已經敏捷的起身為我拉開玻璃門，微笑著問好。

認識了每位臺灣祕書與香港雇員，當時就已經知道，我們會一起夙夜匪懈，迎接許多挑戰與艱難，卻不知道誰將成為後半生的好友；誰將在轉身之後形同陌路。

一走進我的個人辦公室，就被大片玻璃窗外的海景所吸引。海的對岸是九龍，也是我租賃的居所。當地的聞達之士都勸我不該把家安在九龍，應該安在港島半山，香港人的傳統認知，總覺得港島比九龍優越。但我有我的偏執，站在九龍的陽臺上，正對著中環廣場。如此，我便可以過著「若不是在中環廣場，就是在前往它的路上，要不然就是正與它隔海相望。」的日子。

我工作的光華新聞文化中心，占地面積很大，每位臺灣外派的祕書，都有自己的辦公室，除非是需要找我批示公文，或與我討論業務，否則，可能一整天都見不到面。而座位安置在我辦公室門口的個人祕書Celia，成為了關係最密切的人，每天與我互道早安與再見，為我張羅午餐，安排一整天的行程。當我走進辦公室，桌面上已經放著一疊整理好的個人檔案，都是我當日要會面和餐敘的陌生人，讀完這些資料，我才能在應酬的場合中露出得體的笑容，並有了豐富的談資。對我來說，Celia就像楚留香身邊的紅袖，掌握著整個江湖的檔案與祕辛。

當我發燒咳嗽的時候，Celia為我端來可樂煮薑茶；當我精神不濟的時候，為我買來咖啡；我要開記者會前，她借了我一條披肩，讓我行動更自在，造型更典雅。「Celia!」我坐在自己的位子上呼喚，她就能變出我需要的一切東西。她也會為我抱不平，當我遭遇人事的困境；她也會溫柔的安慰我，當我意志消沉時……直到九個月後，我告訴她自己將要離職，返回臺灣。那真是一個很糾結的決定，如果繼續待在香港，我知道臺灣的小學堂恐怕無以為繼，那是我無法割捨的桃花源，是我的職志。

一向笑臉迎人的 Celia 突然落淚了，她哽咽的說：「我真的捨不得妳走，可是，那是妳最想做的事，我明白，我會祝福妳。」當我還想著怎麼安慰她的時候，她已經迅速收起了眼淚，再度露出溫煦的笑臉對我說：「離開以前肯定很多事要做，有什麼我可以幫忙的，叫我做啦。」這就是我最欣賞的香港人的風格，不拖泥帶水，不意氣用事，清楚明瞭，實事求是。

我離開之後，每年去香港還是約 Celia 見面吃飯，隨意聊天，分享生命裡的故事。幾年之後，Celia 也離開了，另謀新職。前幾年我又應邀回光華去演講，以前認識的同事和雇員都已不在，只有Ada仍在接待處，輕巧的為我拉開玻璃門，隨後送來一瓶雪梨水，她說：「很多訪問喉嚨吃不消啊，特地煲給妳的。」我啜飲著微溫的雪梨水，望著窗外依然的無敵海景，感到幸福，卻也有著淡淡的憂傷。

這感受難道是一種哀愁的預感？過不了多久，Ada離職了，而後，因為兩岸三地的風雲變化莫測，光華新聞文化中心竟已走入歷史了。我在中環廣場度過的那些灰暗或閃亮的日子，只能遙遠的憑弔了。

但，我和那個尖尖屋頂的緣分，其實伏脈更早，為了一個浪漫的理由。

一九九五年八月，我向大學請了一年的留職停薪假，到香港奔赴愛情去了。為了離愛悅的人更近一些，我租賃了一間短租公寓，居住了三個月。樓下就是春園街街市，不遠處的莊士敦道有電車穿梭來往，不時發出「叮叮」的聲音。一時興起，我便會搭乘叮叮車，來一段小小的旅行，往西營盤去的時候，閉上眼睛也能嗅聞到海味街的濃郁氣味。住在公寓的日子，雖然語言不通，但我從不感到茫然不安，興味盎然的把日子過得有滋有味。

一大疊稿紙很快就被我用完了，於是，去書店買回新的稿紙，為來邀稿的報紙副刊寫稿。《火宅之貓》這部長篇小說的雛型，就是在那張桌上寫出來，香港報紙上發表的。樓下街市每天都能買到鮮花，但我找不到適合的花器，於是去屈臣氏買了一大罐水果糖，只因為那個圓形玻璃罐，插上一叢玫瑰，讓整個房子都顯得優雅了。

情人不上班，我也不寫稿的時候，我們會坐在桌前喝茶吃點心，有時候吃我料理的午餐，或者為了滿足我對交通工具的好奇，便安排各種搭船、搭車的行程。那時的香港，是個華洋雜處的殖民地，我覺得自己的心也是個殖民地，並不屬於自己，但是，卻感到前所未有的快樂。

從夏到秋，明顯的涼快了，夜晚總下一陣大雨，雨後的空氣有海風帶來的，淡淡的鹹腥。當我準備上床閱讀之前，必會將頭探出窗外，望著矗立的中環廣場，昂然挺立，而又明亮輝煌。在IFC和ICC都還沒有出現的時候，這就是香港最傲人的建築物了。我用雙眼讚歎它的美壯，直到十點，準時熄燈，我才發出心滿意足的歎息，對它說晚安，也對愛情說晚安。

從今以後，地球表面可能出現更高聳，更瑰奇，宛如神蹟一般的建築物，令世人驚歎禮讚，為之瘋狂。但，不會再有像中環廣場這樣，與我的人生緊密連結，情意纏綿的所在了。對我來說，它是絕對，也是唯一。

永遠住在心上的，尖尖頂。

附錄

【專訪】

當你願溫柔聆聽

張曼娟談《永恆的傾訴》

孫梓評

房間裡有幾個盒子堆疊，其中一個收藏著曼娟老師寄給我的卡片，明信片，信件。依隨她在地球上的移動，港島，美東，或各色旅途中忽爾想起了我，遂得到美麗的字刻寫在不同風景的背面：時間的琥珀，記憶的地層，那是一盒說話，已在時間中前進的兩個人，永遠無法重返的一瞬，被字留住。

因科技變異，那些原本需要投遞運送，也可能半途失蹤的言語，都可在手機上即時抵達。不知為何，人和人之間卻也沒有變得更親密。於是，重新出版這冊原本結集於二〇〇三年的物件書寫，為的似乎不是念舊，而是以「手寫書信」這看似被漸漸淘汰的行徑為圓心，放射狀通往各種念念不忘的人與事。「這本書曾經出版但沒有被看見，希望能給予它一次重生的機會。」

從日常小物出發，織起女性情誼

《永恆的傾訴》初版共寫了四十八種「物」，有別於當年蔚為風潮的「戀物」書寫，張曼娟傾向只寫及物、不談品牌，甚至不多花篇幅勾勒物件細節，而更著墨「這些物曾經帶給我的一些回憶」，甚且，所寫之物亦非珍奇詭豔罕見藏品，無論杯子鍋子鏡子，衣裙絲襪拖鞋，電視手機除毛刀，都很日常，「我想藉此出發，讓大家也想想這些物件對你的意義，進而發現，哇，其實每個東西都跟我們關聯很深，原來這個世界跟我們是很親密的。」

這系列發表於〈人間副刊〉的專欄，單篇讀來是精緻抒情的散文，還在作者有意的編織下，加進兩位女性朋友的遭遇：瑞瑞和阿命，前者柔軟但佻達，後者為愛委屈，婚姻得而又失，所幸找回了自己。如此安排，使整本書透出一點長篇氣味。「其實瑞瑞以前就出現過，在《海水正藍》〈黃道吉日〉那篇，女主角就叫瑞瑞。」啊，小說家布線縝密果然不可小覷。〈黃道吉日〉鋪陳一段女大男小的「沒有發生的愛情」，男孩小薛眼中初次見到大姊姊趙秋瑞的形象是這樣的：「她的衣裳寬鬆，不是露出左肩，便露出右肩。長裙幾乎拖到足踝，頭髮偏斜地簪著，顯得有些邋遢。腳上卻穿著一雙亮紅色的繡花拖鞋，極細緻典雅的款式，成為一種奇妙的組合。」剛巧，《永恆的傾訴》裡也有兩雙瑞瑞陪同買下的繡花拖鞋，擱在旅店窗臺，被黃昏薰照成晚霞色。

女朋友們的陪伴，從青春期來到中年前哨，彼此共享的不只是胸罩產地，還包括血緣傷痛，愛情挫折，種種不足為外人道的內心劇碼，正是與貼身之物同等親密的女性同盟。「過去社會往往給女人一種『你要生存，你的競爭對手就是女人』的意識。如今女性已經脫出這份桎梏，更重視自我價值，這些年來，我真的發現，當女人的自覺、自主愈來愈提高，彼此之間就不再是競爭，而是一種惺惺相惜的情感。」

緣分盡了，也是一種圓滿

寫作《永恆的傾訴》時，張曼娟還未啟動《我輩中人》等「中年覺醒」三部曲，她先因多本短篇小說、散文躋身暢銷作家，為提攜年輕寫作者成立「紫石作坊」，完成兩本風格迥異的長篇，再以《喜歡》、《彷彿》兩冊短篇小說吸引眾多讀者目光。千禧年前後，有三本聚焦女性／兩性議題的都會書寫問世，包括此回亦重新編輯出版的《幸福號列車2.0》。歷經整個九十年代洗禮、寫作經驗的積累，再寫專欄，除了主題鎖定「物」，語言也細膩調整，「另外就是想要試試以前沒有寫過的東西。」所以開場第一篇就寫「衛生棉」，一方面對自己身上溫良恭儉讓的標籤微感不耐，如她這樣成長於晚上九點後才能播放衛生棉廣告的世代，也想知道：「我就是要談衛生棉，怎麼樣！」恐怕也很難再有一物如衛生棉，清楚明快標界出一種「期間限定」的女性身體特質。

她先從自身成長歷程羅列出「有感受或有追求」的物件為大綱，興之所至擇選當週想寫題目，「創作時通常也是我求知慾最強的時候。假設我想要寫一個題材，但覺得對它的掌握跟了解還不夠，就會去study。不是要故意掉書袋，而是必須把這典故或相關知識放進去，才會讓作品更加完備和充實。」於是《永恆的傾訴》藏有一樣常常提及卻沒有另闢專章的「物」：書。沿途，可以遇見蘇青，朱天心，許地山，三毛，張愛玲，黃春明，紀伯倫……願意的讀者，很可以按圖索驥，從這本書，到另一本書。

寫了許多物，張曼娟卻很少因為物的壞損而生惋惜。「我覺得物跟人的關係是流動的，此刻流到你的身邊成為你所擁有，但那一定是有時限的，時間到了，緣分會消失，然後，再有別的東西流到你身邊來。」說的雖然是物，也像某種處世哲學，「就算那物品是一個人，只要你沒有浪費他，你真心對他，沒有坑他害他苛薄他，有一天緣分盡了，就是盡了。那也是一種圓滿。」而且漸漸還會發現，「有些人你表面上看起來是捨了，但彼此的關係或感情其實會變得更長久，因為更沒有壓力。」人較物貴重，人都能捨，更何況物？「一個東西時候到了就捨離它，接著再有一個新的東西進來，你就知道，你從來不是一無所有。」

「道家強調不強求，不牽絆，順應自然。」張曼娟的物觀亦如是。對照書中所寫到的消融的愛，半途而廢的承諾，當然也適用。

重看一回當年的火花

張曼娟笑說，「我其實也是有點擔心，以後會不記得一些事情。就像現在重看這本書，確實有些事已忘記。寫作對我來講，一直都是保存記憶如同瓶中信一樣的東西。」在曾經悠長而靜好的歲月，記錄自己所感知的快活或明亮，幽微與細膩，被回憶提醒，同時發現，「原來曾經我是這樣想的。那個時候真的是有一點年輕的火花。」年輕的時候，收集各種包包，特別喜歡買很漂亮很奇怪很難走路的鞋子。看到有人搽顏色極美的指甲油，趕緊問對方型號，才發現那是人家自己調配的；現在如果遇到相同情境，只會覺得：嗯，很美。結束。某些東西消失了。「那是什麼？是生命的激情。」她說：「當年就是因為有比較心，有爭競心，才會又哭又笑，寫出這樣的文字。」

年過五十，欲望降低，不再有那麼多想望，生活愈見返璞歸真，成為一個照顧者之後，來到花甲，對「物」的需求又有了不同準則。因此，這也是一本無法重來的書，留下一期一會的生命階段。當回顧既往，斟酌著為新版增加篇幅時，竟發現沒有什麼遺珠，且出乎所有人意料，她添寫了一幢巨大的「建築物」。「因為我沒有嘗試寫過那麼大的物件。疫情稍歇，我重回香港，突然覺得，原來我跟這棟建築物之間的關聯，是這麼綿密，甚至可以說是纏綿。」

我好奇，如果多寫一樣，還可能寫什麼？我腦中飄浮著一些可能之物，再度得到一個意料之外的回答：眼線筆。曾宣稱「沒有口紅，我不出門」，規則隨時間變動，「這幾年我出門不一定搽口紅，但一定要畫眼線。只要沒畫眼線，就會有人關心我是否前一晚沒睡好。」

「眼線筆像毛筆嗎？」

「像毛筆的那種我不太會用。我用的眼線筆像比較粗一點的鉛筆，比較不容易斷掉。但是我跟眼線筆有種奇妙的宿命感，每當我發覺某種眼線筆超好用，它就會停產。這就是來服務我的人生觀：不執著。沒關係，我再找別的。」

「用像鉛筆一樣的筆畫眼線，眼睛不會很痛嗎？」

「因為它軟硬適中，所以很容易上色又不容易脫落。」

「於是口紅就變成第二名了。」

「疫情期間，有時候幾天都不用上口紅。」

雖然我不搽口紅，也沒塗眼線，還是興味盎然聽著。想像著。理解著。忽然想到，那也是一支筆，睫毛根部是信紙，描畫出的線條是看不見的字，每當雙眼凝視，都是一次傾訴。

當你願駐足閱讀，就完成溫柔的聆聽。

張曼娟・作品繫年

〔短篇小說〕

《海水正藍》1985，希代；1995，皇冠

《笑拈梅花》1987，希代；1995，皇冠

《鴛鴦紋身》1994，皇冠

《喜歡》1999，皇冠

《彷彿》2000，皇冠

《芬芳》2003，皇冠

《張曼娟妖物誌》2005，皇冠

《煙花渡口》2011，皇冠

〔長篇小說〕

《我的男人是爬蟲類》1996，皇冠

《火宅之貓》1997，皇冠

〔散文〕

《緣起不滅》1988，皇冠

《百年相思》1990，皇冠

《人間煙火》1993，皇冠

《風月書》1994，皇冠

《夏天赤著腳走來》1998，皇冠

《青春》2001，皇冠

《永恆的傾訴》2003；2023，時報

《黃魚聽雷》2004，皇冠

《不說話，只作伴》2005，皇冠

《天一亮，就出發》2007，皇冠

《你是我生命的缺口》2007，皇冠

《噹！我們同在一起》2008，皇冠

《那些美好時光》2010，皇冠

《剛剛好》2011，皇冠

《戒不了甜》2012，皇冠

《今日香港有煙霞》2012，明報

《時間的旅人》2014，皇冠

《愛一個人》2015，皇冠

《只是微小的快樂》2019，皇冠

〔都會隨筆〕

《愛情可遇更可求》1997，元尊

《溫柔雙城記》1998，大田

《女人的幸福造句》1999，時報

《幸福號列車》2000，時報

《呼喊快樂》2002，時報

《曼調斯理》2002，麥田
《幸福號列車 2.0》2023，時報

〔張曼娟藏詩卷〕

《愛情詩流域》2000，麥田
《時光詞場》2001，麥田
《人間好時節》2005，麥田
《此物最相思》2009，麥田
《柔軟的神殿》2012，麥田
《好潮的夢》2014，麥田
《當我提筆寫下你》2017，麥田
《天上有顆孤獨星》2021，麥田

〔張曼娟學堂〕

張曼娟奇幻學堂 2006，親子天下

張曼娟成語學堂 I 2008，親子天下

張曼娟成語學堂 II 2009，親子天下

張曼娟唐詩學堂 2010，親子天下

張曼娟閱讀學堂 2012，親子天下

張曼娟論語學堂 2017，親子天下

張曼娟文學繪本 2018，親子天下

張曼娟的課外讀物 2021，麥田

〔中年覺醒三部曲〕

《我輩中人》2018，天下

《以我之名》2020，天下

《自成一派》2023，天下

〔其他〕

《古典小說的長河》1996，臺灣書店
《末世的愛情標本：三言》2010，大塊
《遇見，親愛的小王子》2015，原點
《唐詩樂遊園》上、下，2018，天下

〔有聲書〕

遇見小王子，1996 遠流；2015 原點
張曼娟小學堂 I、II、III，2006-2008，飛碟廣播
張曼娟私房經典 I、II，2011、2014，中廣
張曼娟・大人的寓言，2017，新傳媒
張曼娟讀詩小學堂，2019，中廣
孔夫子大學堂：曼娟老師的十堂《論語》課，2017，親子天下
我輩中人：寫給大人的情書，2021，孜孜線上聽

〔歌詞〕

張清芳《等待》全專輯歌詞創作，2002，豐華

張清芳《感情生活》全專輯歌詞創作，2003，豐華

〔主編〕

《九八年散文選》2009，九歌

《晨讀 10 分鐘：成長故事集》2010，親子天下

〔廣播〕

幸福號列車 News98

AK00401

時報出版

永恆的傾訴

作　　者　張曼娟
執行主編　羅珊珊
特約主編　孫梓評
校　　對　孫梓評、張曼娟、羅珊珊、高培耘
美術設計　朱　疋
行銷企劃　林昱豪

總 編 輯　胡金倫
董 事 長　趙政岷
出 版 者　時報文化出版企業股份有限公司
108019 台北市和平西路 3 段 240 號
發行專線—（02）2306-6842
讀者服務專線— 0800-231-705．（02）2304-7103
讀者服務傳真—（02）2304-6858
郵撥— 19344724 時報文化出版公司
信箱— 10899 臺北華江橋郵局第 99 信箱

時報悅讀網　http://www.readingtimes.com.tw
思潮線臉書　https://www.facebook.com/trendage/
法律顧問　理律法律事務所　陳長文律師、李念祖律師
印　　刷　勁達印刷有限公司
初版一刷　二〇二三年十一月十日
定　　價　新台幣三八〇元
（缺頁或破損的書，請寄回更換）

時報文化出版公司成立於一九七五年，一九九九年股票上櫃公開發行，二〇〇八年脫離中時集團非屬旺中，以「尊重智慧與創意的文化事業」為信念。

永恆的傾訴 / 張曼娟著 . -- 二版 . -- 臺北市 :
時報文化出版企業股份有限公司 , 2023.11
面 ;　公分
ISBN 978-626-374-513-1(平裝)
863.55　　112017622

ISBN 978-626-374-513-1
Printed in Taiwan